DER GROßE GATSBY

WIDMUNG

Einmal mehr
für Zelda

Also trag den goldnen Hut,
wenn das ihr Herz bewegt,
Kannst du dich in die Lüfte erheben,
erheb dich auch für Sie,
Bis sie denn ruft:
»Liebster, goldgelockter,
hoch fliegender Liebster,
Dich will ich haben!«

– Thomas Parke D'Invilliers –

F. Scott Fitzgerald
Der Grosse Gatsby

CloudShip

– **Bibliografische Information der Deutschen Nationalbibliothek** –
Die Deutsche Nationalbibliothek verzeichnet diese Publikation in
der Deutschen Nationalbibliografie; detaillierte bibliografische Daten
sind im Internet über http://dnb.d-nb.de abrufbar.

Impressum

ISBN: 979-8594850552
F. Scott Fitzgerald: Der grosse Gatsby
Titel der amerikanischen Originalausgabe: The Great Gatsby
(New York: Charles Scribner's Sons 1925)
Originalausgabe 2018/2020 (Print & eBook); © *CloudShip*®
Aus dem Englischen übersetzt von Armin Fischer
Lektorat und Umschlaggestaltung: *das_redaktionsbüro*
Umschlagmotiv: gemeinfrei
Herausgeber: CloudShip | AuraBooks | cloudship@aurabooks.de
Gesetzt aus der Garamond
Produziert und vertrieben von BoD
Dieses Buch gibt es auch als eBook,
z. B. im amazon Kindle Bookstore.

Inhalt

Über das Buch

Wir befinden uns an der Ostküste der USA, im Jahr 1922. Es ist die aufregende Zeit der ›Roaring Twenties‹, als in New York Wolkenkratzer aus dem Boden wachsen und die Menschen lebenshungrig den Tanz auf dem Vulkan üben. Auf Long Island lebt man in mondäner Dekadenz, die harten Seiten des Lebens haben hier keinen Platz. Der junge Börsenmakler Nick Carraway bezieht auf der Halbinsel, die New York vorgelagert ist, ein kleines Haus, das er sich mit seinem schmalen Salär gerade noch leisten kann. Sofort fällt ihm die prachtvolle Villa seines Nachbarn auf, in der alle paar Tage monströse Partys mit Hunderten von Gästen gefeiert werden. Der Gastgeber aber, ein gewisser Gatsby, hält sich im Hintergrund, viele seiner Gäste bekommen ihn nicht einmal zu Gesicht. Auch für Carraway bleibt der Mann ein Rätsel. Doch eines Tages steht Gatsby mit seinem riesigen Wagen vor Carraways Häuschen und schlägt vor, ihn nach New York zum Lunch zu begleiten – und bittet ihn dabei um einen merkwürdigen Gefallen ...

Über den Autor

Francis Scott Key Fitzgerald (* 24. September 1896 in St. Paul, Minnesota; † 21. Dezember 1940 in Hollywood) war ein amerikanischer Schriftsteller. Schon sein erster Roman ›This Side of Paradise‹ machte ihn im Alter von 23 Jahren weithin bekannt. Gemeinsam mit seiner Frau Zelda Sayre führte Fitzgerald in den 1920er Jahren ein exzessives Leben, als typische Vertreter des Zeitalters, das man in Deutschland die ›Goldenen Zwanziger‹ nannte. ›Der große Gatsby‹ (1925) ist Fitzgeralds einflussreichstes Buch, das ganze Generationen von Autoren nach ihm prägte. Auf der Rangliste der 100 besten englischsprachigen Romane des 20. Jahrhunderts, die 1998 vom Verlagshaus Modern Library veröffentlicht wurde, steht ›The Great Gatsby‹ nach ›Ulysses‹ von James Joyce auf Rang Zwei. – Fitzgerald starb 1940 im Alter von nur 44 Jahren an den Folgen zweier Herzinfarkte, die sicher auch seinem übermäßigen Alkoholkonsum geschuldet waren.

✦ ✦ ✦

Kapitel 1

ALS ICH NOCH EIN JUNGER KERL und etwas verletzlicher war, gab mein Vater mir einen Rat, den ich mir gut gemerkt habe:

»Wann immer du das Gefühl hast, jemanden kritisieren zu müssen«, sagte er, »bedenke, dass die meisten Menschen auf dieser Welt nicht solche Vorzüge genossen haben, wie du.«

Mehr ließ er dazu nicht hören, aber wir waren es gewohnt, uns Dinge auf gewisse subtile Art mitzuteilen, und ich verstand, dass er weit mehr meinte als das, was er sagte. Seitdem halte ich mich meist mit vorschnellen Urteilen zurück – eine Angewohnheit, die mich schon einer Menge skurriler Charaktere hat näher kennenlernen lassen, mich aber andererseits auch so manchem altgedienten Schwätzer als Opfer auslieferte. Schräge Typen wittern diese Eigenschaft rasch und hängen sich dran, sobald sie sie an einem normalen Menschen bemerken. So kam es, dass ich auf dem College ungerechterweise bezichtigt wurde, mich anzubiedern, weil ich in die skurrilen Gedanken merkwürdiger, fremder Leute eingeweiht war. Die meisten dieser Bekenntnisse kamen ungebeten – ich stellte mich dann schlafend, tat beschäftigt oder gab mich abweisend, sobald ich durch irgendein untrügliches Zeichen erahnte, dass eine intime Beichte am Horizont heraufzog; in der Regel sind nämlich die vertraulichen Geständnisse junger Männer, oder zumindest die Worte, in die sie sie kleiden, äußerst unoriginell und gleichzeitig durch offensichtliche Sublimierungen verzerrt.

Aber mit schnellen Urteilen zurückhaltend zu sein ist immer wieder ein Glücksspiel. Ich fürchte beständig, ich könnte in die Falle gehen, sollte ich nicht im Hinterkopf behalten, dass – wie mein Vater snobistisch anmerkte und ich es hier wiederhole – der Sinn für grundlegenden Anstand nicht allen Menschen gleichermaßen in die Wiege gelegt wurde.

Nun, nachdem ich meine Toleranz derart herausgestellt habe, muss ich doch sagen, dass sie auch Grenzen hat. Benehmen mag auf harten Fels oder feuchten Sumpf gegründet sein, doch ab einem gewissen Punkt ist es mir egal, worauf es sich gründet. Als ich letzten Herbst aus dem Osten zurückkam, wünschte ich mir die Welt für immer in geregelten Bahnen und mit einer Art moralischer Dauerkarte ausgestattet; ich wollte keine aufwühlenden Ausflüge zu privilegierten Einblicken in die menschliche Seele mehr. Nur bei Gatsby, dem Mann, der diesem Buch seinen Namen gibt, machte ich eine Ausnahme. – Gatsby, der alles repräsentierte, was ich aus tiefstem

Herzen ablehne. Falls Persönlichkeit nur eine konsistente Abfolge gelungener Gesten sein sollte, so hatte er etwas Erhabenes an sich, eine große Sensibilität für die Verheißungen des Lebens, vergleichbar einem dieser komplizierten Apparate, die Erdbeben registrieren, auch wenn sie zehntausend Meilen entfernt sind. Seine Empfänglichkeit hatte freilich nichts zu tun mit jener läppischen Nervosität, die man als »schöpferisches Temperament« anbetet – nein, sie war eine außergewöhnliche Gabe nach Hoffnung, eine romantische Aufmerksamkeit, wie ich sie bei keinem anderen je gesehen habe und wahrscheinlich niemals wieder sehen werde. Nein – Gatsby erwies sich letztendlich als guter Kerl; das, was an Gatsby nagte, was wie trüber Dunst seinen Träumen entstieg, wischte mein Interesse an den kümmerlichen Leiden und mickrigen Freuden anderer Menschen vorübergehend aus.

Seit drei Generationen lebt meine Familie hier in dieser Stadt im Mittleren Westen – angesehene und wohlhabende Leute. Die Carraways sind so eine Art Clan und stammen, wie überliefert ist, von den Dukes of Buccleuch ab. Doch der eigentliche Stammvater dieser Linie war der Bruder meines Großvaters, der Einundfünfzig herkam, einen Stellvertreter in den Bürgerkrieg schickte und den Eisenwarengroßhandel gründete, den mein Vater bis heute betreibt.

Ich bin diesem Großonkel nie begegnet, aber es heisst – mit Verweis auf das ziemlich hartgesottene Porträt, das im Büro meines Vaters hängt –, ich sähe ihm recht ähnlich. Meinen Abschluss in New Haven machte ich 1915, genau ein Vierteljahrhundert nach meinem Vater, und kurz darauf nahm ich an jenem verspäteten Feldzug gegen die Teutonen teil, der als *Großer Krieg* in die Geschichte einging. Ich genoss den Vergeltungssturm so gründlich, dass ich nach meiner Rückkehr immer noch aufgerüttelt war. Statt behüteter Nabel der Welt kam mir der Mittlere Westen nun wie der zerklüftete Rand des Universums vor – also beschloss ich, in den Osten zu gehen und mich im Aktienhandel zu versuchen. All meine Bekannten waren im Aktienhandel, sodass ich annahm, dieses Geschäft werde auch noch einen weiteren Mann ernähren können. Meine Onkel und Tanten beratschlagten in der Sache, als ginge es darum, die richtige Vorschule für mich zu finden. Schließlich setzten sie sehr ernste, zögerliche Mienen auf und sagten: »Na gut – ja-a.« Vater willigte ein, mich ein Jahr lang zu finanzieren, und nach verschiedenen Verzögerungen erreichte ich im Frühjahr zweiundzwanzig – für immer, wie ich meinte – die Ostküste.

Am praktischsten wäre es nun gewesen, in der Stadt eine Bleibe zu finden, doch der Frühling war damals recht mild und ich war eben aus einer ländlichen Gegend mit viel Grün und freundlichen Bäumen gekommen, sodass ich es für eine gute Idee hielt, als mir ein junger Kollege den Vorschlag machte, gemeinsam ein Haus in einem Vorort zu mieten. Er fand auch tatsächlich eins, einen einstöckigen verwitterten Pappbungalow für achtzig Dollar im Monat. Doch in letzter Sekunde beorderte ihn die Firma nach Washington und ich zog allein aufs Land. Ich hatte einen Hund – zumindest hatte ich ihn für ein paar Tage, bis er davonlief –, einen alten Dodge und eine finnische Haushälterin, die mir das Bett machte, mir das Frühstück zubereitete und über den Elektroherd gebeugt finnische Weisheiten vor sich hin murmelte.

Für nur einen Tag oder so war es einsam, bis mich eines morgens auf der Straße ein Mann, der wohl noch nach mir angekommen war, ansprach.

»Wie kommt man von hier nach West Egg Village?«, fragte er verloren.

Ich sagte es ihm. Und als ich weiterging, war ich nicht mehr einsam. Ich war nun ein Wegweiser, ein Pfadfinder, ein echter Siedler. Ganz nebenbei hatte er mich zum rechtmäßigen Bürger dieser Gegend erhoben.

Und so, unter dem Sonnenschein und den aus den Bäumen herausplatzenden Blättern, kam mir die vertraute Gewissheit, dass mit diesem Sommer das Leben neu beginnen würde.

Dann gab es einerseits viel zu lesen, andererseits auch eine Menge Leben aus der frischen, kräftigenden Luft zu saugen. Ich kaufte ein Dutzend Bücher über Banken, Kredite und Investment-Möglichkeiten, die im Regal rot und golden leuchteten wie frisch geprägte Münzen und versprachen, all jene funkelnden Geheimnisse preisgeben zu können, um die nur Midas und Morgan und Maecenas wussten. Ich hatte den Plan, nebenbei noch eine Menge anderer Bücher zu lesen: Im College war ich literarisch recht interessiert gewesen – in einem Jahr hatte ich sogar eine Reihe langweiliger und ziemlich trivialer Leitartikel für die ›Yale News‹ geschrieben –, und nun wollte ich all diese Dinge zurück in mein Leben holen und mich wieder zum einfältigsten aller Experten machen, einem »vielseitig gebildeter Mann«. Das ist nicht nur eine Phrase – denn schließlich lässt sich das Leben weit besser überblicken, wenn man es nur durch ein einziges Fenster betrachtet.

Der Zufall wollte es, dass das Haus, das ich gemietet hatte, in einer der eigenartigsten Gemeinden Nordamerikas lag. Es befand sich auf jener schmalen, umtriebigen Insel, die sich direkt östlich von New York erstreckt – und auf der es, neben anderen Launen der Natur, zwei ungewöhnliche Landmarken gibt: Zwanzig Meilen vom Stadtzentrum entfernt ragen gleichsam zwei riesige identische Eier, nur durch eine hübsche Bucht voneinander getrennt, in die wohl gezähmteste Salzwasserfläche der westlichen Hemisphäre hinaus: den großen nassen Vorhof des Long Island Sund. Es sind keine perfekten Ovale – wie das Ei in der Kolumbus-Story sind sie beide platt gegen das Landende gedrückt –, doch ihr so ähnliches Aussehen muss den über sie hinwegziehenden Möwen ein Quell ständiger Verwunderung sein. Für alle Flügellosen dagegen ist der Umstand interessanter, dass sie abseits von Größe und Form völlig unterschiedlich waren.

Ich wohnte in West Egg, der – nun gut, der weniger schicken der beiden Halbinseln, obwohl dieses Adjektiv den bizarren und nicht wenig verstörenden Kontrast zwischen ihnen nur höchst oberflächlich beschreibt. Mein Haus stand genau an der Spitze des ›Eis‹, keine fünfzig Meter vom Ufer entfernt und zwischen zwei enorme Villen gequetscht, die für zwölf- oder fünfzehntausend Dollar pro Saison vermietet werden. Diejenige zu meiner Rechten war ein absolut gigantischer Kasten – ein exakter Nachbau irgendeines *Hôtel de Ville* in der Normandie, mit einem Turm an der Seite, blitzblank, unter einem dünnen Gespinst jungen Efeus verborgen, mit einem marmornen Swimmingpool und mehr als vierzig Morgen Park- und Rasenfläche. Das war Gatsbys Anwesen. Oder vielmehr – denn ich kannte Mr. Gatsby noch nicht –, das Anwesen, das ein Herr dieses Namens bewohnte. Mein eigenes Haus war ein Schandfleck, allerdings ein kleiner Schandfleck, den man getrost übersehen konnte, und so genoss ich den Blick aufs Wasser, die Aussicht auf Teile des nachbarlichen Gartens und die tröstliche Nähe von Millionären – und das Ganze für achtzig Dollar im Monat.

Jenseits der hübschen Bucht glänzten die weißen Paläste des mondänen East Egg am Ufer, und tatsächlich beginnt die Geschichte jenes Sommers an dem Abend, als ich dort hinüberfuhr, um mit den Buchanans zu Abend zu essen. Daisy war die Tochter einer Cousine zweiten Grades von mir, und Tom kannte ich vom College. Gleich nach dem Krieg hatte ich zwei Tage bei ihnen in Chicago verbracht.

Daisys Mann war – neben zahlreichen anderen sportlichen Leistungen – einer der schlagkräftigsten Verteidiger gewesen, die je für das New Haven Team Football gespielt hatten – eine Art Volksheld sozusagen, von der Sorte, die es mit Einundzwanzig zu solch vorzüglicher Höchstleistung gebracht hatten, dass der Rest ihres Lebens nur noch nach Abstieg schmecken kann. Seine Familie war enorm wohlhabend – schon auf dem College hatte sein verschwenderischer Umgang mit Geld Neid erregt –, aber nun, da er Chicago verlassen hatte und an die Ostküste gezogen war, verschlug es einem schier die Sprache: Zum Beispiel hatte er eine ganze Koppel von Polo-Ponys aus Lake Forest mit herübergebracht. Es war kaum zu fassen, dass ein Mann, der ebenso alt war wie ich, derart reich sein konnte.

Weshalb sie an die Ostküste gekommen waren, weiß ich nicht. Zuvor hatten sie ohne besonderen Grund ein Jahr lang in Frankreich gelebt und sich dann rastlos mal hierhin, mal dorthin treiben lassen, wo immer die Leute Polo spielten und gemeinsam reich waren. Diesmal sollte der Ortswechsel von Dauer sein, sagte Daisy am Telefon, aber ich glaubte das nicht – ich konnte ihr zwar nicht ins Herz sehen, doch ich hatte das Gefühl, Tom würde sein Leben lang weiter umhertreiben, wehmütig nach dem dramatischen Aufruhr irgendeines für immer vergangenen Football-Spiels suchend.

So kam es, dass ich eines warmen luftigen Abends hinüber nach East Egg fuhr, um diese beiden alten Freunde zu besuchen, die ich kaum richtig kannte. Ihr Haus war noch prachtvoller, als ich erwartet hatte, eine einladende rot-weiße Villa im georgianischen Kolonialstil mit Blick auf die Bucht. Der Rasen begann direkt am Strand, lief über eine Viertelmeile auf die Eingangstür zu, über Sonnenuhren und Steinpfade und flammend helle Beete springend – und, endlich beim Haus angelangt, drängte er, noch im Schwung seines Laufs, in leuchtenden Reben die Seitenwand hinauf. Die Front war von einer Reihe bodentiefer Fenster durchbrochen, die nun glühend das goldene Licht spiegelten und, weit geöffnet, die warme Brise des frühen Abends einfingen. Tom Buchanan stand in Reitkleidung breitbeinig auf der Veranda.

Er hatte sich verändert seit seiner Zeit in New Haven. Jetzt war er ein robuster Dreißiger mit strohigem Haar, einem ziemlich harten Zug um den Mund, und hochnäsigem Auftreten. Ein arrogantes Augenpaar hatte die Herrschaft über sein Gesicht übernommen und gab ihm einen Ausdruck, als recke er sich unentwegt angriffslustig vor. Selbst die feminine Anmutung seiner Reitkleidung konnte die enorme Kraft dieses Körpers nicht verbergen – seine Waden schienen die blitzblanken Stiefel bis zur obersten Schnürung sprengen zu wollen, und ein mächtiges Muskelpaket war zu sehen, wenn er unter der dünnen Jacke seine Schultern bewegte. Es war ein Körper, der zu gewaltiger Kraftentfaltung fähig war – ein gnadenloser Körper.

Seine Stimme, ein rauer, heiserer Tenor, verstärkte den Eindruck der Widerborstigkeit. Sie vermittelte einen Anflug überheblicher Geringschätzung, selbst gegenüber Menschen, die er mochte – und in Folge dessen hatte es viele in New Haven gegeben, die ihn zutiefst verabscheuten.

»Glaub nicht, dass meine Meinung stets unabänderlich ist«, schien er zu sagen, »nur weil ich stärker bin als du, und ein echter Kerl!« Wir waren in derselben Studentenverbindung gewesen, und obwohl wir nie wirklich befreundet waren, hatte ich schon damals den Eindruck, dass er mich akzeptierte und sich mit gewisser schroffer, trotzige Sehnsucht anstrengte, von mir gemocht zu werden.

Wir unterhielten uns ein paar Minuten auf der sonnigen Veranda.

»Nettes Plätzchen hier, nicht?«, sagte er und seine Augen blitzten rastlos umher.

Er legte den Arm um mich, drehte mich herum und präsentierte mit seiner großen Hand den Ausblick von der Veranda, von der aus man den in einer Mulde gelegenen italienischen Garten sehen konnte, einen halben Morgen tiefdunkler, intensiv duftender Rosen und das stumpfnasige Motorboot, das am Strand in der Dünung dümpelte.

»Es gehörte Demaine, dem Ölunternehmer.« Wieder drehte er mich herum, höflich aber bestimmt. »Lass uns reingehen.«

Wir durchquerten eine hohe Eingangshalle und gelangten in einen lichten, roséfarbenen Hof, den bodentiefe Flügelfenster an beiden Seiten luftig mit dem Innern des Hauses verbanden. Diese Türen waren weit geöffnet und hoben sich strahlend weiß vom frischen Gras hier draußen, das fast ins Haus hineinzuwachsen schien, ab. Eine Brise wehte durch die Räume, blähte die Vorhänge wie blasse Fahnen zur einen und anderen Seite auf, wirbelte sie hinauf bis zur erstarrten Hochzeitstorte – so sah die Zimmerdecke aus –, kräuselte den weinroten Teppich und hinterließ darauf ein Schattenspiel wie der Wind auf den Wellen des Meeres.

Der einzige vollkommen unverrückbare Gegenstand im Raum war eine riesige Couch, auf der zwei junge Frauen wie Bojen über einer fest verankerten Scholle drifteten. Beide waren ganz in Weiß, und ihre Kleider wogten und flatterten, als wären sie nach einem kurzen Flug ums Haus eben erst wieder herein geweht. Für einen Augenblick muss ich da nur so dagestanden haben, dem Wischen und Peitschen der Vorhänge lauschend, und dem Schaben eines Bildes an der Wand. Dann gab es einen dumpfen Schlag, als Tom Buchanan die hinteren Fenster schloss, so dass der im Zimmer gefangene Luftzug erstarb und die Vorhänge und der Teppich und die jungen Frauen langsam hernieder sanken.

Die Jüngere der beiden kannte ich nicht. Sie lag ausgestreckt auf ihrer Seite des Diwans, vollkommen reglos und mit leicht angehobenem Kinn, als balancierte sie etwas darauf, das jeden Moment herunterfallen könnte. Falls sie mich aus den Augenwinkeln wahrnahm, ließ sie es sich nicht anmerken. – Unwillkürlich hätte ich fast eine Entschuldigung dafür gemurmelt, dass ich sie durch mein Erscheinen gestört hatte.

Das andere Mädchen, Daisy, war dabei, aufzustehen – sie lehnte sich mit ernster Miene ein wenig nach vorn –, dann lachte sie, ein albernes, bezauberndes kleines Lachen, und ich lachte auch und trat näher ins Zimmer.

»Ich bin wie g-gelähmt vor Freude.«

Sie lachte erneut, als hätte sie etwas sehr Amüsantes gesagt, und griff für einen Moment meine Hand, mir von unten herauf ins Gesicht blickend, mit einem Ausdruck, der beteuerte, dass sie sich niemanden auf der Welt so sehr herbeigewünscht hätte wie mich. Das war so ihre Art. Flüsternd ließ sie mich wissen, der Nachname des balancierenden Mädchens sei Baker. (So mancher meint, Daisys Wispern diene nur dazu, die Leute zu veranlassen, sich zu ihr hinüberzuneigen; ein nichtiger Vorwurf, der es nicht weniger hinreißend machte.)

Miss Bakers Lippen schienen kurz zu zittern, sie nickte mir fast unmerklich zu und legte dann gleich ihren Kopf zurück in den Nacken – offenbar war der Gegenstand, den sie balancierte, ein wenig ins Schwanken geraten, was ihr einen leichten Schreck versetzte. Wiederum lag mir eine Entschuldigung auf den Lippen. Die Zurschaustellung derart vollkommener Selbstbezogenheit ringt mir jedes Mal fast ehrfürchtige Hochachtung ab.

Ich schaute wieder meine Cousine an, die mir jetzt mit ihrer leisen, elektrisierenden Stimme Fragen stellte. Es war eine Stimme, der das Ohr gehorsam folgt, als wäre jeder Satz ein Arrangement aus Noten, das kein zweites Mal so erklingen würde. Daisy hatte ein melancholisches, hübsches Gesicht mit strahlenden Glanzlichtern darin: leuchtende Augen und einen leuchtenden, sinnlichen Mund, in ihrer Stimme aber lag eine Erregung, die Männer, die ihr nahe kamen, kaum jemals vergessen konnten: ein melodisches Drängen, ein raunendes »Hör doch!«, eine Verheißung, sie habe eben erst köstliche, aufregende Dinge erlebt, und schon in der nächsten Stunde würde sie weitere köstliche, aufregende Dinge erwarten.

Ich erzählte ihr, dass ich auf meinem Weg an die Ostküste einen Tag in Chicago verbracht hatte und sie von einem Dutzend Leuten herzlich grüßen sollte.

»Vermissen sie mich?«, rief sie verzückt.

»Die ganze Stadt ist niedergeschmettert. Die Autos fahren zum Zeichen der Trauer alle mit schwarz bemalten linken Hinterreifen durch die Gegend, und am Nordufer hört man Nachts ein einziges stetiges Wehklagen.«

»Wie herrlich! Lass uns dahin zurückgehen, Tom. Gleich morgen!« Dann sagte sie beiläufig: »Du solltest die Kleine sehen.«

»Das würde ich gern.«

»Sie schläft. Sie ist jetzt zwei Jahre alt. Hast du sie schon mal gesehen?«

»Nein, nie.«

»Nun, das solltest du aber. Sie ist —«

Tom Buchanan, der indes ruhelos durch den Raum gestreift war, blieb stehen und legte mir die Hand auf die Schulter.

»Was machst du, Nick?«

»Ich bin Börsenmakler.«

»Für wen?«

Ich sagte es ihm.

»Nie von denen gehört«, betonte er, was mich ärgerte.

»Das wirst du schon noch, wenn du im Osten bleibst.«, sagte ich.

»Oh, ich bleibe im Osten, keine Sorge«, sagte er, blickte kurz zu Daisy und dann wieder zu mir, als sei er wegen irgendetwas auf der Hut. »Ich wäre ein gottverdammter Idiot, wenn ich woanders leben wollte.«

An diesem Punkt sagte Miss Baker: »Allerdings!«, und zwar derart unvermittelt, dass ich stockte – es war das erste Wort, das sie von sich gab, seit ich den Raum betreten hatte. Offenkundig überraschte es sie ebenso sehr wie mich, denn sie gähnte, um dann mit einer schnellen, flinken Bewegung aufzuspringen.

»Ich bin ganz steif«, klagte sie. »Ich bin nun schon ewig auf diesem Sofa gelegen.«

»Gib mir nicht die Schuld«, meinte Daisy, »ich hab den ganzen Nachmittag lang versucht, dich zu einem Trip nach New York zu bewegen.«

»Nein, danke«, sagte Miss Baker mit Blick auf die vier Cocktails, die gerade aus dem Anrichteraum hereingebracht wurden, »ich bin gerade voll im Training.«

Ihr Gastgeber sah sie ungläubig an.

»Ach nein!« Er kippte seinen Drink hinunter, als wäre er nur ein Tropfen auf dem Boden des Glases. »Wie du das jemals schaffen willst, ist jenseits meiner Vorstellungskraft.«

Ich schaute auf Miss Baker und fragte mich, was es wohl war, das sie ›schaffen wollte‹. Ich genoss es, sie anzusehen. Sie war ein schlankes, flachbrüstiges Mädchen mit gerader Körperhaltung, die sie noch dadurch betonte, dass sie die Schultern zurücknahm, aufrecht wie ein junger Kadett. Ihre grauen, sonnenverwöhnten Augen erwiderten meinen Blick mit ebensolcher Neugier aus einem blassen, reizenden, unzufriedenen Gesicht. Jetzt wurde mir klar, dass ich sie, oder zumindest ein Bild von ihr, schon einmal irgendwo gesehen hatte.

»Sie wohnen also in West Egg«, bemerkte sie abschätzig. »Ich kenne dort jemanden.«

»Ich kenne keinen einzigen —«

»Sie kennen doch sicher Gatsby.«

»Gatsby?«, fragte Daisy dazwischen. »Welchen Gatsby?«

Bevor ich antworten konnte, dass er mein Nachbar war, rief man uns zum Dinner; und indem er seinen durchtrainierten Arm bestimmend unter meinen klemmte, zog mich Tom Buchanan aus dem Raum, als würde er eine Schachfigur auf ein anderes Feld schieben.

Gazellenhaft, müde, die Hände leicht auf die Hüften gestützt, geleiteten uns die beiden jungen Frauen hinaus auf eine von Rosen umrahmte, sich zum Sonnenuntergang öffnende Veranda, wo vier Kerzen auf einem Tisch in der schwächer gewordenen Brise flackerten.

»Wozu *Kerzen*?«, mokierte sich Daisy stirnrunzelnd. Sie schnippte sie mit den Fingern aus. »In zwei Wochen wird der längste Tag des Jahres sein.« Sie strahlte uns an. »Geht es euch auch so, dass ihr immer auf den längsten Tag des Jahres wartet und ihn dann verpasst? Ich jedenfalls warte immer darauf, und dann verpasse ich ihn.«

»Wir sollten irgendeinen Plan machen«, gähnte Miss Baker und ließ sich am Tisch nieder, als würde sie zu Bett gehen.

»Also gut«, sagte Daisy. »Was sollen wir unternehmen?« Fragend wandte sie sich an mich. »Was planen Menschen so?«

Bevor ich antworten konnte, starrte sie mit entsetztem Ausdruck auf ihren kleinen Finger.

»Seht nur!«, klagte sie. »Ich hab mich verletzt.«

Wir schauten alle hin – der Knöchel war dunkelblau.

»Du warst das, Tom«, klagte sie ihn an. »Sicher, du wolltest es nicht, aber du warst es trotzdem. Das habe ich davon, dass ich so ein Untier von Mann geheiratet habe, ein großes, enormes, grobschlächtiges Exemplar eines –«

»Ich hasse das Wort grobschlächtig«, unterbrach Tom sie gereizt, »auch im Scherz.«

»Grobschlächtig«, beharrte Daisy.

Manchmal redeten die beiden, sie und Miss Baker, gleichzeitig, unaufdringlich und mit einer neckischen Koketterie, die nicht ganz in den Smalltalk abdriftete, die aber so kühl war wie ihre weißen Kleider und so teilnahmslos, wie ihre nichts begehrenden Blicke. Sie waren hier, nahmen Tom und mich hin, und machten nur einen höflichen, netten Versuch, zu unterhalten oder sich unterhalten zu lassen. Sie wussten, bald würde das Essen vorüber sein, und etwas später würde auch der Abend vorbei und abgehakt sein. Wie ganz anders war das im Westen, wo man einen solchen Abend von einer Etappe zur nächsten treibt, in ständig deprimierender Vorahnung des Endes, in blanker Furcht vor diesem Augenblick.

»Deinetwegen fühle ich mich schon ein wenig dekadent, Daisy«, sagte ich bei meinem zweiten Glas korkigen, aber durchaus beeindruckenden Bordeaux. »Kannst du nicht mal über Kornfelder oder so etwas reden?«

Meine Bemerkung zielte auf nichts Bestimmtes, aber sie wurde unerwartet aufgegriffen.

»Die Zivilisation geht sowieso vor die Hunde«, platzte Tom lautstark heraus. »Ich bin da inzwischen zum schrecklichen Pessimisten geworden. Hast du ›Der Aufstieg der farbigen Völker‹ von diesem Goddard gelesen?«

»Nein, warum?«, erwiderte ich, etwas befremdet über seinen Ton.

»Tja, das ist ein feines Buch, sollte jeder gelesen haben. Die Idee ist, dass, wenn wir nicht aufpassen, die weiße Rasse völlig – völlig überflutet wird. Ist ganz wissenschaftliches Zeug; alles erwiesen.«

»Tom wird jeden Tag tiefgründiger«, sagte Daisy mit einem Ausdruck geheuchelter Traurigkeit. »Er liest schwergewichtige Bücher mit langen Wörtern darin. Wie hieß noch das Wort, das wir –«

»Nun, diese Bücher sind allesamt wissenschaftlich«, insistierte Tom, sie gereizt anblitzend. »Der Bursche hat das Ganze gründlich studiert. Wir, die überlegene Rasse, müssen uns vorsehen, sonst werden diese anderen Rassen die Macht übernehmen.«

»Wir müssen sie niederschlagen«, flüsterte Daisy ironisch und blinzelte grimmig in die glühende Sonne.

»Ihr solltet in Kalifornien leben –«, fing Miss Baker an, doch Tom stoppte sie, indem er heftig auf seinem Stuhl herumrutschte.

»Die Idee ist, dass wir zur nordischen Rasse gehören. Ich und du und du und –« Nach fast nicht merkbarem Zögern schloss er mit einem zaghaften Nicken auch Daisy mit ein, und sie zwinkerte mir noch einmal zu. – »Wir sind es, die all das hervorgebracht haben, das man Zivilisation nennt – eben all das, Wissenschaft und Kunst und so weiter. Versteht ihr?«

Seine geistige Konzentration hatte etwas Bemühtes, als würde ihm seine Selbstgefälligkeit, die präsenter war denn je, nicht mehr genügen. Als fast im selben Moment das Telefon im Haus klingelte und der Butler die Veranda verließ, nutzte Daisy die kurze Unterbrechung und lehnte sich zu mir herüber.

»Ich verrate dir ein Familiengeheimnis«, flüsterte sie aufgedreht. »Es geht um die Nase des Butlers. Willst du die Story von der Nase des Butlers hören?«

»Genau deswegen bin ich heut Abend hierher gekommen!«

»Nun, er war nicht immer Butler; zuvor arbeitete er als Silberputzer bei irgendwelchen Leuten in New York, und die hatten ein Silberservice für zweihundert Gäste. Das musste er von morgens bis abends polieren, bis der Geruch eines Tages begann, seine Nase anzugreifen –«

»Die Sache verschlimmerte sich immer mehr«, warf Miss Baker ein.

»Genau. Die Sache wurde immer schlimmer, so dass er schließlich seine Anstellung aufgeben musste.«

Die letzten Sonnenstrahlen strichen für einen Augenblick mit zärtlicher Zuwendung über ihr leuchtendes Gesicht; ihre Stimme lockte mich immer weiter nach vorn, während ich ihr gespannt lauschte – dann erlosch das Glühen, zögernd, bedauernd wich der Schein von ihr, so wie Kinder in der Abenddämmerung eine heitere Straße verlassen müssen.

Der Butler kam und flüsterte Tom etwas ins Ohr, worauf dieser die Stirn in Falten zog, seinen Stuhl zurückstieß und ohne ein Wort ins Haus ging. Als hätte seine Abwesenheit etwas in ihr aufgeweckt, lehnte Daisy sich abermals vor, mit warmer, singender Stimme.

»Ich habe dich so gern an meinem Tisch, Nick. Du erinnerst mich an – an eine Rose, eine perfekte Rose. Nicht wahr?« Sie wandte sich um Zustimmung an Miss Baker. »Eine perfekte Rose?«

Das stimmte natürlich nicht. Ich habe ganz und gar nichts von einer Rose an mir. Sie improvisierte, und verströmte dabei eine betörende Wärme, als versuche sie, ihr Herz zu dir hin fliegen zu lassen, eingehüllt in eines dieser gehauchten, erregenden Worte. Dann, mit einem Mal, ließ sie ihre Serviette auf den Tisch fallen, entschuldigte sich und ging ins Haus.

Miss Baker und ich trafen uns in einem kurzen, bewusst unschuldigen Blick. Ich wollte gerade etwas sagen, als sie sich rasch aufrichtete und mir ein warnendes »Schh!« zuwarf. Man hörte aus dem angrenzenden Zimmer ein gedämpftes, aufgeregtes Flüstern, und Miss Baker beugte sich ungeniert vor, um zu lauschen. Das Flüstern war für einen Moment lang beinahe zu verstehen, verebbte, brandete erregt auf und versiegte dann ganz.

»Dieser Mr. Gatsby, den Sie erwähnten, er ist mein Nachbar –«, begann ich.

»Sagen Sie nichts. Ich will hören, was passiert.«

»Passiert denn etwas?«, fragte ich unschuldig.

»Soll das heißen, Sie wissen nichts davon?«, antwortete Miss Baker, echt erstaunt. »Ich dachte, die ganze Welt wüsste es.«

»Ich nicht.«

»Merkwürdig …«, sagte sie bedächtig, »Tom hat da so eine Frau in New York.«

»So eine Frau?«, wiederholte ich naiv.

Miss Baker nickte.

»Sie sollte doch wenigstens genug Anstand haben, ihn nicht zur Essenszeit anzurufen. Meinen Sie nicht?«

Noch bevor ich ganz kapiert hatte, was sie meinte, hörte man ein Kleid rascheln und das Knarzen von Lederstiefeln und Tom und Daisy waren zurück am Tisch.

»Naja, so ist das nun mal!«, rief Daisy mit bemühter Fröhlichkeit.

Sie setzte sich, schaute nachforschend zu Miss Baker und dann zu mir und fuhr fort: »Ich habe eben mal einen kurzen Blick nach draußen geworfen, und es ist da draußen richtig romantisch. Da sitzt ein Vogel auf dem Rasen, das muss eine Nachtigall sein, die wohl mit der Cunard oder der White Star Line herübergekommen ist. Sie singt und singt –«. Und ihre Stimme sang ebenfalls: »Ist das nicht romantisch, Tom?«

»Sehr romantisch«, betonte er, und dann zerknirscht an mich gewandt: »Wenn es nach dem Essen noch hell genug ist, möchte ich dir die Stallungen zeigen.«

Im Haus klingelte energisch das Telefon, und während Daisy Tom ansah und entschieden den Kopf schüttelte, löste sich das Thema Stallungen, lösten sich überhaupt sämtliche Themen in Luft auf. An die letzten fünf Minuten bei Tisch habe ich nur bruchstückhafte Erinnerungen, ich weiß noch, dass jemand sinnlos die Kerzen wieder anzündete und dass ich jedem ganz offen ins Gesicht sehen, und doch gleichzeitig allen Blicken ausweichen wollte. Ich wusste nicht, was in Daisy und Tom vorging, aber ich glaube, dass selbst Miss Baker, die offensichtlich mit einer robusten Nüchternheit ausgestattet war, das schrille metallische Drängen dieses fünften Gastes nicht völlig ausblenden konnte. Einem anderen Naturell wäre die Situation vielleicht faszinierend erschienen – ich aber hätte am liebsten unverzüglich die Polizei gerufen.

Die Pferde wurden, überflüssig zu sagen, nicht mehr erwähnt. Tom und Miss Baker schlenderten, mit einigen Armlängen Distanz zwischen ihnen, zurück in die Bibliothek wie ein Nachtwächter mit einem lockend greifbaren Körper neben sich, während ich freundlich interessiert und ein wenig nichtsahnend tat und mit Daisy über eine Reihe verbundener Terrassen zur vorderen Veranda ging. Dort setzten wir uns im abklingenden Abendschein nebeneinander auf eine Korbbank.

Daisy legte ihr Gesicht in die Hände, als ob sie dessen entzückende Form ertasten wollte, und ihr Blick wanderte immer weiter hinaus in die samtene Dämmerung. Ich fühlte ein heftiges Gewitter von Gefühlen in ihr toben, und darum sprach ich etwas an, was sie beruhigen konnte und erkundigte mich nach ihrer kleinen Tochter.

»Wir kennen uns nicht besonders gut, Nick«, sagte sie plötzlich. »Obwohl du mein Cousin bist. Du bist nicht einmal zu meiner Hochzeit gekommen.«

»Da war ich noch im Krieg.«

»Ja, das stimmt.« Sie zögerte. »Weißt du, ich hab ziemlich viel durchgemacht, Nick, und ich bin ganz schön zynisch geworden.«

Offensichtlich hatte sie allen Grund dazu. Ich wartete, aber sie sagte nichts weiter, und so kam ich ziemlich unbeholfen wieder auf ihre Tochter zu sprechen.

»Ich nehme an, sie spricht und – und isst, und so weiter.«

»Oh, ja.« Geistesabwesend sah sie mich an. »Pass auf, Nick, ich erzähle dir, was ich sagte, als sie geboren wurde. Möchtest du's wissen?«

»Sehr sogar.«

»Es zeigt dir, wie ich inzwischen über – über die Dinge denke. Nun, sie war noch keine Stunde alt und Tom war sonst wo. Ich erwachte mit einem unendlich einsamen Gefühl aus der Narkose und fragte die Schwester gleich, ob es ein Junge oder ein Mädchen sei. Ein Mädchen, sagte sie, und ich drehte meinen Kopf zur Seite und weinte. ›Gut‹, sagte ich, ›ich bin froh, dass es ein Mädchen ist. Und ich hoffe, sie wird mal ein Dummkopf – das ist das Beste, das ein Mädchen in dieser Welt sein kann, ein hübscher kleiner Dummkopf.‹

Du siehst, ich finde, egal wie es kommt, alles ganz schrecklich«, fuhr sie eindringlich fort. »Alle finden das – sogar die kultiviertesten Leute. Und *ich* weiß das. Ich war schon überall, hab schon alles gesehen und gemacht.« Ihre Augen flackerten rebellisch, ähnlich wie Toms, und sie lachte schrill und sarkastisch. »Kultiviert – Gott ja, ich bin so kultiviert!«

Als sie aufhörte zu reden und meine Aufmerksamkeit nicht länger in ihren Bann gezogen war, ahnte ich die Doppelzüngigkeit ihrer Worte. Mit Unbehagen überkam mich der Verdacht, der ganze Abend sei nur eine Art Trick gewesen, um eine Regung der Anteilnahme aus mir herauszuholen. Ich wartete, und wie erwartet sah sie mich einen Augenblick später mit so einem künstlichen Lächeln auf ihrem hübschen Gesicht an, als hätte sie soeben glasklar verkündet, dass sie und Tom einem besonders exklusiven Geheimbund angehörten.

Im Haus strahlte der karmesinrote Raum in hellem Licht. Tom und Miss Baker saßen je an einem Ende der langen Couch, und sie las ihm aus der *Saturday Evening Post* vor – ihre Worte, gemurmelt und betonungslos, flossen ineinander wie eine einschläfernde Melodie. Das Licht der Lampen, spiegelnd auf seinen Stiefeln, und matt auf ihrem wie gelbes Herbstlaub schimmernden Haar, strich über das Papier, als sie mit ihren zierlichen Armmuskeln umständlich eine Seite umblätterte.

Als wir eintraten, gab sie mit erhobener Hand ein Zeichen, wir sollten noch einen Moment still sein.

»Fortsetzung folgt«, sagte sie und schmiss das Magazin auf den Tisch, »in unserer nächsten Ausgabe.«

Ihr Körper meldete sich mit einem nervösen Zucken des Knies, und sie stand auf.

»Zehn Uhr«, warf sie ein, als würde sie die Zeit an der Decke ablesen. »Zeit für das artige Mädchen ins Bett zu gehen.«

»Jordan wird morgen beim Turnier mitspielen«, sagte Daisy erklärend, »drüben in Westchester.«

»Oh – Sie sind *Jordan* Baker.«

Jetzt wusste ich, weshalb mir ihr Gesicht bekannt vorkam – es hatte mir mit amüsant-hochmütigem Ausdruck aus vielen Tiefdruckfotografien über sportliche Aktivitäten in Asheville, Hot Springs und Palm Beach entgegengeblickt. Ich hatte über sie auch eine Geschichte gehört, eine unschöne, heikle Geschichte, aber worum es dabei ging, hatte ich längst vergessen.

»Gute Nacht«, sagte sie leise. »Weckt mich um acht, ja?«

»Wenn du wirklich aufstehst.«

»Das werde ich. Gut Nacht, Mr. Carraway. Bis bald.«

»Bis sehr bald sogar«, sagte Daisy nachdrücklich. »Tatsächlich denke ich, ich werde euch beide verkuppeln. Komm oft herüber Nick, und ich bringe euch zwei schon irgendwie – ehemm – ans Anbändeln. Ihr wisst schon, euch versehentlich im Wäscheschrank einsperren, oder euch zusammen in einem Boot aufs Meer hinausstoßen, all diese Sachen –«

»Gute Nacht!«, rief Miss Baker von der Treppe aus. »Ich habe kein Wort davon gehört.«

»Ein nettes Mädchen«, sagte Tom nach einer Weile. »Sie sollten sie nicht so alleine in der Gegend herumlaufen lassen.«

»Wer sollte das nicht?«, fragte Daisy kühl.

»Ihre Familie.«

»Ihre Familie besteht aus einer einzigen Tante, die etwa tausend Jahre alt ist. Außerdem kümmert Nick sich ja jetzt um sie, stimmts Nick? Sie wird diesen Sommer so einige Wochenenden hier draußen verbringen. Das Familienleben hier wird ihr bestimmt gut tun.«

Daisy und Tom sahen sich einen Augenblick lang schweigend an.

»Ist sie aus New York?«, fragte ich rasch.

»Aus Louisville. Dort haben wir gemeinsam unsere weiße Kindheit verbracht. Unsere wunderbare weiße –«

»Hast du Nick auf der Veranda dein Herz ausgeschüttet?«, unterbrach Tom unvermittelt.

»Hab ich das?« Sie schaute mich an. »Ich weiß nicht mehr genau, soweit ich mich erinnere, sprachen wir über die nordische Rasse. Ja, ganz sicher. Es kam wie aus heiterem Himmel, und ehe man sich's versieht –«

»Glaub nicht alles, was du hörst, Nick«, riet er mir.

Ich sagte unschuldig, ich hätte überhaupt nichts gehört, und einige Minuten später stand ich auf, um nach Hause zu gehen. Sie geleiteten mich zur Tür und standen Seite an Seite in einem anheimelnden Rechteck aus Licht. Als ich den Motor anließ, rief Daisy bestimmt: »Warte!

Ich hab vergessen, dich etwas zu fragen, etwas Wichtiges. Wir haben gehört, dass du da draußen im Westen mit einem Mädchen verlobt bist.«

»Stimmt«, bestätigte Tom freundlich. »Wir haben gehört, du hättest dich verlobt.«

»Eine Verleumdung. Ich bin zu arm für so was.«

»Aber wir haben es gehört«, beharrte Daisy und blühte zu meiner Überraschung noch einmal kurz auf wie eine Blume. »Wir haben es von drei Leuten gehört, also muss es stimmen.«

Natürlich wusste ich, worauf sie anspielten, aber ich war nicht einmal ansatzweise verlobt. Die Tatsache, dass die Gerüchteküche bereits das Aufgebot bestellt hatte, war ein Grund dafür, dass ich in den Osten gezogen war. Es ist zwar eigentlich kein Grund, seiner Freundin den Laufpass zu geben, aber andererseits wollte ich mich nicht durch Gerüchte in eine Ehe hinein bugsieren lassen.

Das Interesse der beiden rührte mich aber schon und ließ sie in ihrem Reichtum etwas weniger abgehoben erscheinen – aber ich war dennoch etwas verwirrt und leicht verärgert, als ich wegfuhr. Ich hatte das Gefühl, das Beste was Daisy tun konnte, war, auf der Stelle aus dem Haus abzuhauen, mit dem Kind auf dem Arm – doch offensichtlich hatte sie nichts dergleichen im Sinn. Was Tom betraf, so überraschte es mich kaum, dass er »so eine Frau« in New York hatte, sondern dass er sich von einem Buch hatte beeindrucken lassen. Irgendetwas reizte ihn an den Abseitigkeiten altbackener Ideen, als könnte seine sture physische Selbstbezogenheit alleine sein herrisches Herz nicht länger ernähren.

Der Hochsommer drückte schon auf die Dächer der Rasthäuser und der Autowerkstätten an der Straße, wo sich neue rote Zapfsäulen leuchtend wie aus Teichen erhoben, und als ich bei meinem Grundstück in West Egg ankam, fuhr ich den Wagen in den Unterstand und saß für eine Weile auf einer stehen gelassenen Rasenwalze im Garten. Der Wind war abgeflaut und hinterließ eine sternklare Nacht, die Bäume erfüllt wie von Flügelrauschen, und einem beständigen, tief heraufkommenden Orgelton, mit dem die Frösche der Erde Leben einhauchten. Der Silhouette einer wandernden Katze flackerte im Mondlicht, und als ich den Kopf drehte, um ihr mit meinem Blick zu folgen, bemerkte ich, dass ich nicht alleine war – fünfzig Fuß entfernt war eine Gestalt aus der unbeleuchteten Nachbarvilla aufgetaucht, stand nun da, mit den Händen in der Tasche, und schaute auf die silbrigen Sternensprenkel. Irgendetwas an den gelassenen Bewegungen und dem festen Stand seiner Füße auf dem Rasen sagte mir, dass dies Mr. Gatsby persönlich sein musste, der herausgekommen war, um auszumessen, welcher Anteil des Himmels über diesem Ort ihm gehörte.

Ich beschloss, ihn zu rufen. Miss Baker hatte ihn beim Dinner erwähnt, das sollte als Anknüpfungspunkt genügen. Doch plötzlich hatte ich das Gefühl, er wolle allein sein, und so ließ ich es sein. – Mit merkwürdiger Geste streckte er die Arme in Richtung des dunklen Wassers, und trotz der Entfernung hätte ich schwören können, dass er fröstelte. Unwillkürlich schaute ich in Richtung Meer – und konnte dort nichts weiter erkennen, als ein einzelnes grünes Licht, winzig und weit entfernt, vielleicht das Ende eines Piers markierend. Als ich noch einmal nach Gatsby schaute, war er verschwunden und ich war wieder allein in der bedrückenden Dunkelheit.

Kapitel 2

ETWA AUF HALBER STRECKE zwischen West Egg und New York nähert sich die Autostraße plötzlich der Eisenbahntrasse und läuft für eine Viertelmeile parallel zu ihr, als wollte sie von einer bestimmten trostlosen Landschaft Abstand halten. Es ist ein Tal der Asche – eine enormes Feld, wo Asche wie Weizen gedeiht und sich zu Scharten und Hügeln auftürmt und groteske Gärten bildet; wo Asche sich zu Häusern und Schloten formt oder als Rauchsäulen aufsteigt und schließlich, mit übersinnlicher Anstrengung die Form aschgrauer Menschen annimmt, die sich wie zerfallende Schatten durch die pudrige Luft bewegen. Hier und da kriechen einige graue Waggons über ein unsichtbares Gleis, sie lassen ein gespenstisches Kreischen hören, halten an, und sofort schwärmen die aschgrauen Menschen mit bleiernen Spaten aus und wirbeln undurchdringliche Wolken auf, die ihre obskure Geschäftigkeit vor allen Blicken verbergen.

Aber oberhalb der grauen Landschaft und über den trostlosen Staubschwaden, die ewig darüber hinwegziehen, siehst du nach einer Weile die Augen von Doktor T. J. Eckleburg. Die Augen von Doktor T. J. Eckleburg sind blau und riesig – mit Augäpfeln von fast einem Meter im Durchmesser. Sie blicken aus keinem Gesicht, sondern äugen durch eine riesige gelbe Brille, die auf einer nicht vorhandenen Nase sitzt. Wie es scheint, hat irgendein Witzbold von Augenarzt sie dort hingepflanzt, um seine Praxis im Stadtbezirk Queens anzukurbeln, und ist anschließend selbst in ewiger Blindheit versunken, oder er hat sie vergessen und ist fortgezogen. Seine Augen jedoch, ein wenig trüb geworden von vielen farblosen Tagen unter Sonne und Regen, brüten weiter über der düsteren Schutthalde.

Das Tal der Asche wird auf einer Seite von einem kleinen fauligen Fluss begrenzt, und wenn die Brücke hochgefahren ist, um Lastkähne durchzulassen, können die Fahrgäste der wartenden Züge bis zu einer halben Stunde lang auf die trostlose Szenerie starren. Mindestens eine Minute hat man eigentlich immer zu warten, und so kam es, dass ich dort zum ersten Mal Tom Buchanans Geliebte traf.

Dass er eine hatte, schien in seinen Kreisen fraglos festzustehen. Seine Bekannten ärgerten sich darüber, dass er mit ihr in beliebten Lokalen auftauchte, sie dann am Tisch zurückließ, während er umherschlenderte und mit allen, die er irgendwie kannte, plauderte. Obwohl ich durchaus neugierig auf sie war, legte ich andererseits keinen Wert darauf, ihr zu begegnen – und doch geschah es. Als Tom und ich eines Nachmittags mit dem Zug nach New York fuhren, und bei den Aschehalden anhalten mussten, sprang er auf, packte mich am Ellbogen und schleppte mich förmlich aus dem Waggon.

»Wir steigen aus«, drängte er. »Ich möchte, dass du mein Mädchen kennenlernst.«

Ich vermute, er hatte zu Mittag so einiges in sich hinein gekippt, und die Art, wie er auf meine Gesellschaft drängte, grenzte schon ans Bedrohliche. In hochnäsiger Art setzte er wie selbstverständlich voraus, dass ich an einem Sonntagnachmittag nichts Besseres zu tun hatte.

Ich folgte ihm, über eine ausgebleichte Gleisbegrenzung kletternd, und wir gingen unter Doktor Eckleburgs starrem Blick etwa hundert Meter die Straße zurück. Das einzige Gebäude weit und breit war ein kleiner Haufen aus gelben Ziegeln am Rand der Einöde, der über eine Art schmale Straße zugänglich war und mutterseelenallein dastand. Einer der drei Läden, die er beherbergte, war zu vermieten, danach kam, nach einem Trampelpfad aus Asche, ein 24-Stunden-Restaurant; als Drittes gab es eine Autowerkstatt – ›Reparaturen. GEORGE B. WILSON. An- und Verkauf‹ –, und ich folgte Tom hinein.

Der Innenraum war schlicht und kahl; das einziges Auto, das da stand, war das staubbedeckte Wrack eines Ford, das sich in eine düstere Ecke verkrochen hatte. Mir kam in den Sinn, dass dieser Abklatsch einer Werkstatt wohl eine Attrappe sein musste, und sich wahrscheinlich im Obergeschoss romantische Luxusappartements verbargen – da tauchte in einer Bürotür der Besitzer auf und wischte sich die Hände an einem dreckigen Lappen ab. Ein blonder, schlapper Mann, blutarm und einigermaßen gut aussehend. Als er uns bemerkte, sprang ein leiser Schimmer der Hoffnung in seine hellblauen Augen.

»Hallo Wilson, mein Alter«, sagte Tom und patschte ihm jovial auf die Schulter. »Wie gehen die Geschäfte?«

»Kann nicht klagen«, erwiderte Wilson wenig überzeugend. »Wann verkaufen Sie mir den Wagen?«

»Nächste Woche; einer meiner Männer bastelt noch dran.«

»Der arbeitet ganz schön langsam, wie?«

»Nein, tut er nicht«, sagte Tom kalt. »Und wenn du so darüber denkst, verkaufe ich ihn wohl besser anderswo.«

»Ist nicht so gemeint«, erklärte Wilson hastig. »Ich meinte nur …«

Seine Stimme verklang, und Tom schaute sich ungeduldig in der Werkstatt um. Dann hörte ich Schritte auf der Treppe, und im nächsten Moment verdunkelte die üppige Gestalt einer Frau das durch die Bürotür hereinfallende

Licht. Sie war Mitte dreißig und ein wenig füllig, war aber eine von jenen Frauen, die ihre etwas zu üppigen Rundungen höchst sinnlich einzusetzen wussten. Ihr Gesicht über einem getupften Kleid aus dunkelblauem Crêpe-de-Chine zeigte nicht den geringsten Hauch oder die leiseste Anmutung von Schönheit, doch sie strahlte eine unmittelbar spürbare Sinnlichkeit aus, als herrsche in allen Fasern ihres Körpers ein beständiges Glühen. Sie lächelte leise, als sie durch ihren Mann hindurchging wie durch einen Geist, schüttelte Tom die Hand und blickte ihm dabei direkt in die Augen. Dann befeuchtete sie ihre Lippen, und sagte, ohne sich umzudrehen, mit leiser, rauchiger Stimme zu ihrem Mann:

»Warum bringst du nicht ein paar Stühle her, damit man sich setzen kann.«

»Oh, selbstverständlich«, antwortete Wilson geflissentlich, ging zum kleinen Büro und verschmolz augenblicklich mit der Zementfarbe der Wände. Ein weißlicher, aschfahler Staub bedeckte seinen dunklen Overall und das bleiche Haar, so wie er alles in der Umgebung bedeckte – ausgenommen Wilsons Frau, die sich nun dicht an Tom drückte.

»Ich möchte dich sehen«, sagte Tom nachdrücklich. »Komm mit dem Zug nach New York.«

»Okay.«

»Ich treffe dich am Zeitungsstand, am unteren Bahnsteig.«

Sie nickte und löste sich wieder von ihm, gerade als Wilson mit zwei Stühlen aus dem Büro kam.

Ein Stück die Straße runter, außer Sichtweite, warteten wir auf sie. Es waren nur noch wenige Tage bis zum 4. Juli, und ein graues, dürres Italienerkind legte Knallerbsen in einer Reihe auf die Eisenbahnschienen.

»Grässliche Gegend, nicht?«, sagte Tom und wechselte einen skeptischen Blick mit Doktor Eckleburg.

»Schrecklich.«

»Es tut ihr gut, hier mal rauszukommen.«

»Lässt ihr Mann sie einfach so gehen?«

»Wilson? Der denkt, sie besucht ihre Schwester in New York. Der ist so beschränkt, der merkt nicht mal, dass er lebt.«

Und so machten Tom Buchanan, sein Mädchen und ich uns gemeinsam auf den Weg nach New York – allerdings nicht wirklich gemeinsam, denn Mrs. Wilson saß diskret in einem anderen Waggon. So viel Rücksicht nahm Tom immerhin auf die Empfindlichkeiten der anderen East Egger, die vielleicht auch im Zug waren.

Sie hatte sich umgezogen und trug jetzt ein eng anliegendes braunes Musselinkleid, das sich straff über ihre breiten Hüften spannte, als Tom ihr in New York beim Aussteigen half. Am Zeitungsstand kaufte sie eine Ausgabe des *Town Tattle* und ein Filmmagazin, im Bahnhofs-Drugstore etwas Hautcreme und einen kleinen Flakon Parfüm. Oben an der feierlich hallenden Zufahrt ließ sie vier Taxis abfahren, ehe sie einen neuen, lavendelfarbenen Wagen mit grauen Sitzpolstern auswählte, in dem wir schließlich aus dem Bahnhofsgetümmel hinaus, und in den strahlenden Sonnenschein hinein glitten. Aber schon im nächsten Moment drehte sie sich jäh vom Fenster weg und beugte sich nach vorn, an die Trennscheibe klopfend.

»Ich möchte einen von den Hunden dort haben«, sagte sie feierlich. »Ich möchte einen für das Apartment. Es ist wirklich schön, einen zu haben – einen Hund.«

Wir setzten zurück zu dem grauen alten Mann, der eine lächerliche Ähnlichkeit mit John D. Rockefeller hatte. In einem Korb, der um seinen Hals baumelte, kauerte ein Dutzend erst kürzlich geborener Welpen von unbestimmter Rasse.

»Welche sind das?«, fragte Mrs. Wilson geschäftig, als der Mann zum Taxifenster heran kam.

»Alle möglichen. Was für einen möchten Sie denn, Lady?«

»Einen von diesen Polizei-Schäferhunden hätte ich gern; diese Rasse haben Sie wohl nicht?«

Der Mann spähte zweifelnd in den Korb, tauchte seine Hand hinein und zog einen zappelnden Welpen am Nacken hervor.

»Das ist kein Schäferhund«, sagte Tom.

»Nein, ein *echter* Schäferhund ist das nicht«, sagte der Mann und klang etwas enttäuscht. »Schon eher ein Airedale.« Er strich mit der Hand über den flauschigen braunen Rücken. »Sehen Sie sich dieses Fell an. Was für ein Fell. Bei dem muss man sich niemals Sorgen machen, dass er sich erkältet.«

»Also, ich finde, er ist putzig«, sagte Mrs. Wilson aufgedreht. »Was soll er denn kosten?«

»Der hier?« Der Mann schaute ihn bewundernd an. »Der kostet Sie zehn Dollar.«

Der Airedale – zweifellos hatte bei ihm irgendwie ein Airedale mitgemischt, auch wenn die Pfoten strahlend weiß waren – wechselte den Besitzer und machte es sich in Mrs. Wilsons Schoß bequem, während sie voller Entzücken sein wetterfestes Fell streichelte.

»Ist es ein Junge oder ein Mädchen?«, fragte sie zaghaft.

»Der da? Das ist ein Junge.«

»Es ist eine Hündin«, sagte Tom entschieden. »Hier ist Ihr Geld. Kaufen Sie sich davon die nächsten zehn Hunde.«

Wir fuhren hinüber zur Fifth Avenue, die an diesem sommerlichen Sonntagnachmittag warm und mild war, beinahe ländlich kam sie einem vor. Es hätte mich nicht überrascht, wenn hinter der nächsten Ecke eine große Herde weißer Schafe weiden würde.

»Stopp mal kurz«, sagte ich, »ich sollte hier aussteigen.«

»Nein, solltest du nicht«, wehrte Tom ab. »Myrtle wäre gekränkt, wenn du nicht mit ins Apartment hinauf kämst. Stimmt's, Myrtle?«

»Na kommen Sie schon«, drängte sie. »Ich werde meine Schwester Catherine anrufen. Sie ist wunderschön – sagen Leute, die es wissen müssen.«

»Tja, wirklich gern, aber …«

Wir fuhren weiter, kreuzten wieder hinüber auf die andere Seite des Parks, in Richtung der Hunderterstraßen der Westside. In der 158. hielt das Taxi vor dem tortenähnlichen Stück eines langen weißen Apartmenthauses. Mrs. Wilson schenkte der Umgebung den Begrüßungsblick einer heimkehrenden Majestät, griff nach ihrem Hund und den übrigen Einkäufen und stolzierte hinein.

»Ich werde später die McKees einladen«, verkündete sie, als wir im Fahrstuhl nach oben fuhren. »Und natürlich auch meine Schwester.«

Das Apartment lag im obersten Stock – kleines Wohnzimmer, kleines Esszimmer, kleines Schlafzimmer und ein Bad. Das Wohnzimmer war bis an die Türen mit einer Garnitur gobelinverzierter Polstermöbel vollstopft, die viel zu groß für den Raum waren, und man konnte sich kaum rühren, ohne über Skulpturen von in den Gärten von Versailles schaukelnder Damen zu stolpern. Das einzige Bild an der Wand war eine überdimensionale Fotografie, auf dem offenbar eine Henne auf einem verschwommenen Felsen sitzend, zu sehen war. Schaute man jedoch aus einiger Entfernung darauf, verwandelte sich die Henne in einen Hut und der Felsen in das Gesicht einer fülligen alten Dame, die ins Zimmer herab strahlte.

Auf dem Tisch lagen einige ältere Ausgaben des ›Town Tattle‹ neben einem Exemplar von ›*Simon Called Peter*‹ und einigen der Revolverblättchen vom Broadway. Mrs. Wilson kümmerte sich zuerst um den Hund. Ein widerwilliger Liftboy besorgte eine Kiste voll Stroh, etwas Milch, und dazu, selbst auf den Gedanken kommend, eine Dose großen, harten Hundekuchens – von dem ein Stück den ganzen Nachmittag über in der Untertasse mit Milch dümpelte und sich apathisch in seine Bestandteile auflöste. Tom zog inzwischen aus einer verschlossenen Truhe eine Flasche Whiskey.

Ich war nur zweimal in meinem Leben betrunken, und dieser Nachmittag war das zweite Mal; darum liegt ein trüber, diesiger Nebel über allem, was geschah, obwohl das Apartment bis nach acht Uhr von freundlichem Sonnenlicht erfüllt war. Mrs. Wilson saß auf Toms Schoß und telefonierte mit verschiedenen Leuten; als wir keine Zigaretten mehr hatten, zog ich los, um im Drugstore an der Ecke welche zu besorgen. Als ich zurückkam, waren die beiden verschwunden, also setzte ich mich diskret ins Wohnzimmer und las ein Kapitel von ›*Simon Called Peter*‹ – und entweder war der Text katastrophal schlecht oder der Whiskey vernebelte alles, denn es ergab nicht den leisesten Sinn für mich.

Kaum waren Tom und Myrtle (nach dem ersten Drink nannten Mrs. Wilson und ich uns beim Vornamen) wieder aufgetaucht, als nach und nach die ersten Gäste vor der Tür des Apartments standen.

Die Schwester, Catherine, war eine schlanke, bodenständige Frau um die Dreißig, mit milchig weiß gepudertem Teint, die ihre roten Haare zu einem kompakten Bob-Schnitt gepresst hatte. Ihre Augenbrauen waren gezupft und anschließend in etwas verwegenerem Winkel nachgezogen, doch das Bestreben der Natur, die alte Linienführung wiederherzustellen, gab ihrem Gesicht einen verschwommenen Ausdruck. Wenn sie sich bewegte, klickten und klirrten die zahllosen Emailreifen an ihren Armen beständig auf und ab. Sie rauschte mit solcher Selbstverständlichkeit herein und musterte so besitzergreifend das Mobiliar, dass ich mich fragte, ob sie es sei, die hier wohnt. Doch als ich sie darauf ansprach, lachte sie ungezügelt, wiederholte laut meine Frage und erklärte, sie wohne mit einer Freundin im Hotel.

Mr. McKee war ein blasser, weichlicher Mann aus der darunter liegenden Wohnung. Er schien frisch rasiert zu sein, denn auf seiner Wange war noch ein Flecken Rasierschaum, und er begrüßte jeden im Raum höchst dienstfertig. Er erzählte mir, er sei in der »Kunstszene«, und später erfuhr ich, dass er Fotograf war und das bis zur Unschärfe vergrößerte Bild von Mrs. Wilsons Mutter gemacht hatte, das wie gelblicher Schleim an der Wand hing. Seine Frau war schrill, träge, nett anzusehen und nicht auszuhalten. Stolz erzählte sie mir, ihr Mann habe sie seit ihrer Hochzeit einhundertsiebenundzwanzig-mal fotografiert.

Mrs. Wilson hatte sich schon vor einiger Zeit umgezogen und trug jetzt ein aufwändiges Nachmittagskleid aus cremefarbenem Chiffon, das ein beständiges Rascheln von sich gab, während sie durch den Raum driftete. Unter dem Einfluss des Kleides hatte sich ihre Persönlichkeit verändert. Die intensive Vitalität, die sie in der Werkstatt verströmte, hatte sich in imposante Hochnäsigkeit verwandelt. Ihr Lachen, ihre Gesten, ihre Bemerkungen gerieten von Moment zu Moment affektierter, und während sie sich aufplusterte, wurde der Raum um sie herum immer kleiner, bis es schien, als würde sie auf einem lärmenden, quietschenden Karussell durch die rauchige Luft rauschen.

»Liebes«, rief sie ihrer Schwester in hoher, gezierter Tonlage zu, »die meisten Leute in dieser Gegend betrügen dich, wo immer sie können. Geld ist alles, was sie wollen. Letzte Woche hatte ich eine Frau wegen meiner Füße hier, aber beim Blick auf die Rechnung konnte man denken, sie hätte mir den Blinddarm heraus operiert.«

»Wie hieß diese Frau noch gleich?«, fragte Mrs. McKee.

»Mrs. Eberhardt. Sie kommt zur Fußpflege zu den Leuten ins Haus.«

»Ihr Kleid gefällt mir sehr«, bemerkte Mrs. McKee, »ich finde es hinreißend.«

Mrs. Wilson mochte das Kompliment angeblich nicht hören und zog ihre Augenbrauen geringschätzig hoch.

»Das ist bloß ein komischer alter Fetzen«, sagte sie. »Ich zieh's nur manchmal rasch an, wenn mein Aussehen nicht so wichtig ist.«

»Aber es sieht wunderbar an Ihnen aus, Sie wissen schon, was ich meine«, fuhr Mrs. McKee fort. »Wenn Chester Sie so vors Objektiv bekäme, könnte er ganz sicher was draus machen.«

Wir alle schauten erwartungsvoll auf Mrs. Wilson, die sich eine Haarsträhne aus den Augen strich und unsere Blicke strahlend lächelnd erwiderte. Mr. McKee betrachtete sie eingehend mit schräg gelegtem Kopf und bewegte dann langsam eine Hand vor seinem Gesicht hin und her.

»Man müsste das Licht ändern«, sagte er nach einer Weile. »Ich würde gern die Form der Gesichtszüge herausarbeiten. Und ich müsste das ganze hintere Haar mit aufs Bild bekommen.«

»Nein, das Licht sollte man nicht ändern!«, rief Mrs. McKee. »Ich finde es –«

»Sch!« machte ihr Mann und wir blickten alle wieder auf das Fotomodell, woraufhin Tom Buchanan hörbar gähnte und aufstand.

»Ihr McKees müsst jetzt erst mal was trinken«, sagte er. »Bring mehr Eis und Mineralwasser, Myrtle, ehe hier noch alle einschlafen.«

»Ich hab's wegen dem Eis schon dem Boy gesagt.« Myrtle zog, verzweifelt über die Unzuverlässigkeit der niederen Ränge, die Augenbrauen hoch. »Diese Leute! Ständig muss man hinterher sein, was sie tun.«

Sie schaute mich an und lachte sinnlos. Dann tänzelte sie hinüber zum Hund, küsste ihn ekstatisch und rauschte in die Küche, so dass man denken konnte, ein Dutzend Köche würden dort ihre Anweisungen erwarten.

»Draußen auf Long Island hab ich einige schöne Arbeiten gemacht«, erklärte Mr. McKee.

Tom sah ihn gelangweilt an.

»Zwei davon haben wir gerahmt unten aufgehängt.«

»Zwei was?«, fragte Tom.

»Zwei Aufnahmen. Eine davon nenne ich ›Montauk Point – Die Möwen‹ und die andere ›Montauk Point – Das Meer‹.«

Die Schwester, Catherine, setzte sich neben mich auf die Couch.

»Leben Sie auch drüben auf Long Island?«, fragte sie.

»Ich wohne in West Egg.«

»Wirklich? Ich war dort vor ungefähr einem Monat auf einer Party. Im Haus eines Mannes namens Gatsby. Kennen Sie den?«

»Er ist mein Nachbar.«

»Also, man sagt, er wäre der Neffe oder Cousin von Kaiser Wilhelm. Daher soll auch sein ganzes Geld stammen.«

»Ach ja?«

Sie nickte.

»Er macht mir Angst. Ich könnte mir nicht vorstellen, etwas mit ihm zu haben.«

Diese spannenden Neuigkeiten über meinen Nachbarn wurden von Mrs. McKee unterbrochen, die plötzlich auf Catherine deutete:

»Chester, aus *ihr* könntest du doch bestimmt was herausholen«, hob sie an, aber Mr. McKee nickte nur gelangweilt und drehte sich wieder zu Tom.

»Ich würde gern mehr auf Long Island arbeiten, wenn ich mich nur irgendwie bei den Leuten dort bekanntmachen könnte. Alles was ich bräuchte, wäre ein erster Einstieg.«

»Fragen Sie Myrtle«, sagte Tom und stieß ein kurzes, lautes Lachen aus, als Mrs. Wilson mit einem Tablett hereinkam. »Sie schreibt Ihnen sicher einen Empfehlungsbrief, stimmt's, Myrtle?«

»Was tue ich?«, fragte sie entgeistert.

»Du schreibst Mr. McKee eine Empfehlung an deinen Mann, damit er ein paar Aufnahmen von ihm machen kann.« Seine Lippen zuckten kurz, während er überlegte. »George B. Wilson an der Benzinpumpe‹ oder sowas in der Art.«

Catherine beugte sich zu mir und flüsterte mir ins Ohr: »Weder sie noch er können ihre Ehegatten ausstehen.«

»Können was?«

»Nicht *ausstehen*.« Sie blickte zu Myrtle, dann zu Tom. »Was ich sagen will, warum bleiben sie mit jemanden zusammen, den sie nicht ausstehen können? An ihrer Stelle würde ich mich scheiden lassen und auf der Stelle neu heiraten.«

»Kann sie denn Wilson auch nicht leiden?«

Die Antwort darauf war unerwartet. Sie kam von Myrtle, die die Frage mitbekommen hatte, und sie war ruppig und schamlos.

»Da, hören Sie's!«, rief Catherine triumphierend. Dann dämpfte sie ihre Stimme wieder. »Es ist eigentlich seine Frau, die ihnen im Weg steht. Sie ist Katholikin, und Scheidung geht für die gar nicht.«

Daisy war nicht katholisch, und ich war ein wenig geschockt über diese perfide Lüge.

»Aber falls sie irgendwann doch heiraten«, fuhr Catherine fort, »werden sie für eine Weile in den Westen gehen, bis sich der Sturm gelegt hat.«

»Geschickter wär's, nach Europa zu gehen.«

»Ach, Sie mögen Europa?«, rief sie überrascht aus. »Ich war erst kürzlich in Monte Carlo.«

»Wirklich?«

»Erst letztes Jahr. Ich war mit einer Freundin drüben.«

»Für länger?«

»Nein, wir fuhren nur nach Monte Carlo und wieder zurück. Über Marseille. Als wir ankamen, hatten wir zwölfhundert Dollar, aber nach nur zwei Tagen an den Spieltischen hatten sie uns alles abgeknöpft. Auf der Rückfahrt fühlten wir uns miserabel, kann ich Ihnen sagen. Gott, wie ich diese Stadt gehasst habe!«

Am späten Nachmittag spiegelte sich für einen Moment im Fenster der Himmel wie das honigsüße Blau des Mittelmeeres – dann rief mich Mrs. McKees schrille Stimme zurück ins Zimmer.

»Mir wäre auch beinahe mal so ein Malheur passiert«, verkündete sie lebhaft. »Ich hätte beinahe so einen kleinen Juden geheiratet, das schon jahrelang hinter mir her war. Ich wusste, er war nicht standesgemäß. Alle sagten immer wieder zu mir: ›Lucille, dieser Mann steht weit unter dir!‹ Aber wenn ich Chester nicht begegnet wäre, hätte er mich gekriegt, ganz sicher.«

»Ja, aber sehen Sie«, sagte Myrtle Wilson, mit dem Kopf nickend, »letztendlich haben Sie ihn nicht geheiratet.«

»Ja, das hab ich nicht.«

»Tja, ich hab meinen geheiratet«, sagte Myrtle nachdenklich. »Und das ist der Unterschied zwischen ihrem und meinem Fall.«

»Warum eigentlich, Myrtle?«, fragte Catherine. »Niemand hat dich dazu gezwungen.«

Myrtle überlegte.

»Ich habe ihn geheiratet, weil ich ihn für einen Gentleman hielt«, sagte sie schließlich. »Ich glaubte, er wüsste, wie man etwas aus sich macht, dabei war er es nicht mal wert, meine Stiefel zu lecken.«

»Du warst eine Zeit lang ganz verrückt nach ihm«, sagte Catherine.

»Verrückt nach ihm!«, rief Myrtle fassungslos. »Wer sagt, ich wäre verrückt nach ihm gewesen? Ich war nicht mehr oder weniger verrückt nach ihm wie nach diesem Mann da.«

Sie zeigte plötzlich auf mich, und alle sahen mich abschätzend an. Ich versuchte durch meinen Gesichtsausdruck klarzustellen, dass ich ganz und gar keine Rolle in Myrtles Vergangenheit gespielt hatte.

»*Verrückt* war ich nur, als ich ihn geheiratet habe. Ich wusste sofort, dass ich einen Fehler gemacht hatte. Für die Hochzeit borgte er sich von irgendjemandem dessen besten Anzug und sagte es mir nicht mal, und der Mann kam eines Tages, als meiner nicht zu Hause war, um ihn sich wiederzuholen. ›Ach, das ist Ihr Anzug?‹, sagte ich. ›Das höre ich nun wirklich zum ersten Mal.‹ Aber ich gab ihn heraus, und heulte den ganzen Nachmittag wie ein Schlosshund.«

»Sie sollte wirklich zusehen, ihn loszuwerden«, setzte Catherine das Gespräch mit mir fort. »Seit elf Jahren haust sie nun über dieser Werkstatt. Und Tom war der einzige Liebhaber, den sie je hatte.«

Die Whiskeyflasche – die zweite nun – wanderte begehrt von einem zum anderen, nur Catherine hielt sich zurück, weil sie sich »ohne genauso gut fühle«. Tom läutete nach dem Portier und schickte ihn los, um diese vorzüglichen Sandwiches zu besorgen, die schon alleine als komplettes Abendessen durchgingen. Ich wollte ins Freie und ostwärts in Richtung Park durch die sanfte Dämmerung spazieren, aber jedes Mal, wenn ich gerade gehen wollte, zog man mich in irgendeine wilde, hitzige Debatte hinein, die mich wie mit Gummiseilen zurück auf meinen Stuhl zog; während unten in den verglimmenden Straßen für den zufälligen Betrachter unsere Reihe gelber Fenster, hoch über der Stadt strahlte, die die allzu menschlichen Geheimnisse erahnen ließen, die dahinter besprochen würden. Und wie dieser Betrachter fühlte auch ich mich, hinauf schauend, verwundert. Gleichzeitig drinnen und draußen war ich, verzaubert und abgestoßen von der unerschöpflichen Vielfalt des Lebens.

Myrtle zog ihren Stuhl dicht an meinen heran, und unversehens verströmte ihr warmer Atem, der mich erreichte, die Geschichte ihrer ersten Begegnung mit Tom.

»Es geschah auf diesen kleinen Notsitzen, die, sich einander zugewandt, immer die letzten Freien im Zug sind. Ich war unterwegs nach New York, um meine Schwester zu besuchen und bei ihr zu übernachten. Er trug einen adretten Anzug und Lederschuhe, und ich konnte meinen Blick nicht von ihm lassen, aber jedes Mal wenn er mich anschaute, tat ich so, als würde ich die Reklame über seinem Kopf studieren. Als wir im Bahnhof ankamen, stand er neben mir, und sein weißes Hemd drückte gegen meinen Oberarm, also sagte ich ihm, ich müsse wohl die Polizei rufen; aber ihm war klar, dass ich log. Als ich dann mit ihm ins Taxi stieg, war ich so aufgeregt, ich begriff kaum, dass ich nicht in der U-Bahn saß. Alles, was ich immer und immer wieder dachte, war: ›Du lebst nicht ewig; du lebst nicht ewig.‹«

Sie wandte sich zu Mrs. McKee, und der Raum erklang von ihrem gekünstelten Lachen.

»Meine Liebe«, rief sie, »ich werde Ihnen das Kleid schenken, wenn ich genug davon habe. Ich muss mir gleich morgen ein neues besorgen. Ich werde mir eine Liste machen mit all den Sachen, die ich erledigen muss. Eine Massage, Dauerwelle, ein Halsband für den Hund und einen dieser netten kleinen Aschenbecher mit Sprungfeder, und einen Kranz mit schwarzer Seidenschleife für das Grab meiner Mutter, einen, der den ganzen Sommer lang hält. Ich muss mir eine Liste machen, damit ich die ganzen Dinge, die ich zu besorgen habe, nicht vergesse.«

Es war neun Uhr. – Unmerklich später blickte ich auf die Uhr und sah, dass es nun schon zehn war. Mr. McKee war auf einem Stuhl eingeschlafen, mit geballten Fäusten im Schoß, was aussah wie die Fotografie eines Kämpfers. Ich zückte mein Taschentuch und wischte ihm den getrockneten Rasierschaum-Fleck von der Wange, der mich den ganzen Nachmittag lang irritiert hatte.

Der kleine Hund saß auf dem Tisch, schaute mit stumpfen Augen durch den Rauch und knurrte von Zeit zu Zeit. Leute verschwanden, tauchten wieder auf, machten Pläne, irgendwo hinzugehen, verloren sich aus den

Augen, suchten einander, fanden sich ein paar Schritte entfernt. Irgendwann gegen Mitternacht standen sich Tom Buchanan und Mrs. Wilson frontal gegenüber und diskutierten heftig darüber, ob es ihr gestattet sei, Daisys Namen zu erwähnen oder nicht.

»Daisy! Daisy! Daisy!«, schrie Mrs. Wilson. »Ich sag es, sooft ich will! Daisy! Dai —«

Mit kurzer trockener Bewegung seiner flachen Hand demolierte Tom Buchanan ihr die Nase.

Dann bedeckten blutige Handtücher den Badezimmerboden, Frauenstimmen zeterten, und hoch über dem Durcheinander lag ein ausgedehntes, auf- und abklingendes Schmerzgeheul. Mr. McKee erwachte aus seinem Schlummer und ging schlaftrunken in Richtung Tür. Auf halber Strecke drehte er sich um und starrte auf die Szene — seine Frau und Catherine, die abwechselnd schreiend und beruhigend mit Verbandsmaterial zwischen den dicht gedrängten Möbelstücken hin und her stolperten, und auf der Couch eine verzweifelte Gestalt, die in Strömen blutete und dabei versuchte, eine Ausgabe des ›Town Tattle‹ über die Versailler Gobelinszenen zu breiten. Dann drehte sich Mr. McKee wieder um und ging durch die Tür hinaus. Ich nahm meinen Hut von der Garderobe und folgte ihm.

»Kommen Sie mal zum Mittagessen«, schlug er vor, als der Fahrstuhl hinab rumpelte.

»Wohin?«

»Wohin auch immer.«

»Hände vom Hebel nehmen«, schnappte der Liftboy.

»Tut mir Leid«, sagte Mr. McKee würdevoll, »ich habe nicht bemerkt, dass ich ihn berührt habe.«

»Einverstanden«, sagte ich, »sehr gern.«

… Ich stand neben ihm am Bett, und er saß aufrecht zwischen den Laken, in Unterwäsche, mit einem großen Fotoalbum in Händen.

»Die Schöne und das Biest … Einsamkeit … Altes Krämerpferd … Brook'n Bridge …«

Später lag ich halb schlafend im kalten unteren Bahnsteig der Pennsylvania Station, starrte auf die Morgenausgabe der ›Tribune‹ und wartete auf den Vieruhrzug.

Kapitel 3

Die Sommernächte hindurch drang Musik aus dem Haus meines Nachbarn. Männer und Mädchen schwirrten in den blauen Gärten umher, zwischen Geflüster, Champagner und Sternen. Nachmittags bei Flut sah ich, wie die Gäste vom Sprungturm seines Steges sprangen oder sich auf dem heißen Sand seines Strands sonnten, während seine beiden Motorboote die Flächen der Bucht zerfurchten und Wasserskifahrer über Kaskaden von Schaum gleiten ließen. An den Wochenenden wurde sein Rolls-Royce zum Pendelbus, von neun Uhr morgens bis weit nach Mitternacht Leute in die Stadt befördernd und andere abholend, während sein Kleintransporter wie ein eifriger gelber Käfer hin und her hetzte, um alle Züge abzupassen. Und montags machten sich acht Angestellte, inklusive eines Extra-Gärtners, mit Besen und Bürsten, Hämmern und Gartenscheren daran, die Verwüstungen der letzten Nacht zu beseitigen.

Jeden Freitag wurden fünf Kisten mit Orangen und Zitronen aus einem Obstgeschäft in New York herbei geschafft – jeden Montag wanderten ebendieselben Orangen und Zitronen in einer Pyramide ausgehöhlter Hälften zur Hintertür wieder hinaus. In der Küche hatten sie eine Maschine, die in einer halben Stunde zweihundert Orangen entsaften konnte, sofern der Daumen eines Hausangestellten zweihundertmal auf einen kleinen Knopf drückte.

Mindestens einmal in zwei Wochen rückte eine Armee von Lieferanten mit mehreren Hundert Fuß Segeltuch an und genug bunten Fackeln, um Gatsbys enormen Garten in einen Weihnachtsbaum zu verwandeln. Auf den Buffett-Tischen, drapiert mit glitzernden Hors-d'œuvres, drängten sich daneben würzige Backschinken und bunt arrangierte Salate, Spanferkel und tiefgold gezauberte Truthähne in Blätterteig. Im großen Saal wurde eine Bar mit echter Messingschiene aufgebaut und mit Gins und Weinbränden, und mit schon so lange in Vergessenheit geratenen Spirituosen bestückt, dass die meisten der weiblichen Gäste zu jung waren, um sie voneinander unterscheiden zu können.

Gegen sieben Uhr erscheint das Orchester, kein mickriges Fünferensemble, sondern ein ganzes Podium voller Oboen und Posaunen, Saxofonen und Bratschen, Kornetten, Piccoloflöten, dazu große und kleine Trommeln. Die letzten Schwimmer kommen vom Strand zurück und werfen sich im oberen Stockwerk in Schale; Wagen aus New York stehen in Fünferreihen in der Auffahrt, und von Sälen, Salons und Veranden sieht man schon farbige

Kleider, neumodische Bubiköpfe und knallbunte Schals, die die exotischsten Träume verblassen lassen, herab leuchten. Die Bar arbeitet auf Hochtouren, und draußen zerstreuen sich die Cocktailrunden in die hintersten Winkel des Gartens, und die Luft flirrt von Plaudern und Lachen, Neckereien und Flirts, kurzen, im selben Moment schon vergessenen Begegnungen und überschwänglichen Begrüßungen zwischen Frauen, die sich nicht einmal beim Namen kennen.

Die Lichter werden heller, wenn sich die Erde taumelnd von der Sonne verabschiedet; das Orchester beginnt, romantische Cocktailmusik zu spielen, und der Gesang der Stimmen tönt eine Spur höher. Gelächter wird von Minute zu Minute beschwingter, verströmt großzügig, ausgeschüttet über ein launiges Wort. Die Gruppen verändern sich, werden mit Neuankömmlingen angefüllt, zerstreuen sich und bilden sich neu im selben Atemzug; schon ziehen manche herum, neckische Mädchen, die sich mal hier, mal dort in die Grüppchen der Ortsfesteren mischen, für einen kurzen, enthusiastischen Augenblick der Mittelpunkt einer Gruppe sind und dann, triumphierend beschwingt im chargierenden Licht durch das schillernde Meer aus Gesichtern, Stimmen und Farben weiter driften.

Plötzlich greift eine dieser Umherschweifenden, im Glitzerkleid, einen Cocktail aus der Luft, stürzt ihn hinunter, um sich Mut zu machen, und beginnt, die Hände wie Joe Frisco[1] bewegend, allein auf die mit Segeltuch bespannte Bühne hinaus zu tanzen. Eine kurze Pause – und der Orchesterleiter ändert gern seinen Rhythmus für sie, und Getuschel bricht aus, als das falsche Gerücht umgeht, sie sei Gilda Grays zweite Besetzung in den Follies[2]. Die Party hat begonnen.

Ich glaube, dass ich am ersten Abend, an dem ich zu Gatsby ging, einer der wenigen geladenen Gäste war. Die Leute wurden nicht eingeladen – sie gingen einfach hin. Sie bestiegen Automobile, die sie hinaus nach Long Island beförderten, und irgendwie landeten sie vor Gatsbys Haus. Angekommen, wurden sie von irgendeinem, der Gatsby kannte, vorgestellt, und danach benahmen sie sich gemäß den Verhaltensregeln, die in einem Vergnügungspark gelten. Manchmal kamen und gingen sie, ohne Gatsby überhaupt

---

[1] *Joe Frisco (1889–1958) war ein amerikanischer Vaudeville-Tänzer und Sänger.*

[2] *›Ziegfeld Follies‹ war der Titel einer Revue am Broadway, die zwischen 1910 und 1930 prägenden Einfluss auf die Kunstszene hatte.*

begegnet zu sein, kamen zur Party mit einer Einfalt des Herzens, die eine eigene Eintrittskarte war.

Ich war wirklich eingeladen. An jenem Samstag frühmorgens kreuzte ein Chauffeur, in einer Uniform so blau wie das Ei einer Wanderdrossel, meinen Rasen, mit einer überraschend förmlichen Nachricht seines Dienstherrn: Die Ehre wäre ganz auf Gatsbys Seite, stand da, erschiene ich am Abend zu seiner »kleinen Party«. Er habe mich bereits einige Male gesehen und mir längst einen Besuch abstatten wollen, doch eine spezielle Verquickung von Umständen habe dies verhindert – gezeichnet Jay Gatsby, in schwungvoller Handschrift.

Angetan mit einem weißen Sommeranzug ging ich um kurz nach sieben in seinen Garten hinüber und wanderte einigermaßen befangen zwischen Wirbeln und Strudeln unbekannter Leute – nur hier und da entdeckte ich ein Gesicht, das ich wohl schon einmal im Vorortzug gesehen hatte. Verblüfft bemerkte ich die zahlreichen, überall verstreuten jungen Engländer; alle gut gekleidet, ein wenig hungrig aussehend und mit leiser, ernster Stimme im Gespräch mit gediegenen und wohlhabenden Amerikanern. Ich war sicher, dass sie irgendetwas verkauften: Aktien oder Versicherungen oder Automobile. Sie waren sich auf jeden Fall schmerzlich des sie umgebenden, leicht verdienten Geldes bewusst, und ganz davon überzeugt, es bedürfe nur weniger Worte im richtigen Tonfall und es gehöre ihnen.

Gleich nach meiner Ankunft unternahm ich den Versuch, meinen Gastgeber zu finden, aber die zwei oder drei Leute, bei denen ich mich nach seinem Verbleib erkundigte, starrten mich derart entgeistert an und bestritten so vehement, auch nur das Geringste über seinen Aufenthalt zu wissen, dass ich mich in Richtung der Cocktailtische trollte – der einzige Ort des Gartens, wo ein einzelner Mann verweilen konnte, ohne allein und verloren zu wirken.

Ich war gerade dabei, mich aus schierer Verlegenheit gründlich volllaufen zu lassen, als Jordan Baker aus dem Haus trat, am oberen Ende der marmornen Treppe stehen blieb, sich ein wenig zurücklehnte mit herablassenden Interesse den Garten musterte.

Erwünscht oder nicht, ich musste mich dringend jemandem anschließen, bevor es so weit kam, dass ich bei den Vorbeikommenden Mitleid erregte.

»Hallo!«, rief ich und ging auf sie zu. Meine Stimme schien überlaut durch den Garten zu schallen.

»Ich ahnte schon, dass Sie hier sind«, antwortete sie geistesabwesend, als ich die Stufen hinaufkam. »Ich erinnerte mich, dass Sie direkt neben ...«

Sie drückte leicht meine Hand, als Zeichen, dass sie sich in einer Minute wieder um mich kümmern werde, und wandte sich zwei Mädchen in zwillingshaft gelben Kleidern zu, die am Fuß der Treppe stehen geblieben waren.

»Hallo!«, riefen sie im Chor. »Schade, dass Sie nicht gewonnen haben.«

Es ging um das Golfturnier. Sie hatte in der Woche zuvor die Finalrunde verloren.

»Sie wissen sicher nicht, wer wir sind«, sagte eines der Mädchen in Gelb, »aber wir haben Sie hier vor ungefähr einem Monat schon einmal getroffen.«

»Sie haben sich inzwischen Ihr Haar gefärbt«, bemerkte Jordan; ich wollte gerade gehen, da waren die Mädchen schon gleichgültig weitergewandert, und ihre Aufmerksamkeit richtete sich nun auf den vorzeitig aufgegangenen Mond, den man, ohne Zweifel, genau wie das Essen aus einem der Körbe des Caterers hervorgezogen haben musste. Mir ihren schlanken goldenen Arm unterhakend, stieg sie mit mir Stufen hinab und wir schlenderten durch den Garten. Ein Tablett mit Cocktails schwebte im Dämmerlicht auf uns zu, und wir setzten uns an einen Tisch zu den beiden Mädchen in Gelb und drei Männern, die uns sämtlich als ›Mr. Mumble‹ vorgestellt wurden.

»Sind Sie oft auf diesen Partys?«, fragte Jordan das Mädchen neben sich.

»Das letzte Mal, als ich Sie hier getroffen habe«, antwortete das Mädchen mit munterer, fester Stimme. Sie wandte sich an ihre Begleiterin: »Du auch, nicht Lucille?«

Richtig, Lucille auch.

»Ich komme gern her«, sagte Lucille. »Ich mag es, mich treiben zu lassen, deshalb amüsiere ich mich hier immer prächtig. Beim letzten Mal hab’ ich mir an einem Stuhl mein Kleid eingerissen, und er hat mich nach Namen und Adresse gefragt – innerhalb einer Woche bekam ich ein Paket von Croirier mit einem neuen Abendkleid.«

»Haben Sie’s behalten?«, fragte Jordan.

»Natürlich. Ich wollte es heute Abend anziehen, aber es ist oben herum zu weit und ich muss es abändern lassen. Es ist blau wie eine Gasflamme und hat lavendelfarbene Perlen. Zweihundertfünfundsechzig Dollar.«

»Schon ein merkwürdiger Kerl, der so etwas macht«, sagte das andere Mädchen eifrig. »Er will um keinen Preis mit *irgendwem* Ärger haben.«

»Wer?«, fragte ich nach.

»Gatsby. Man hat mir erzählt …«

Die beiden Mädchen und Jordan steckten vertraulich die Köpfe zusammen:

»Man hat mir erzählt, er soll mal jemanden umgebracht haben.«

Ein Schauder durchfuhr uns alle. Die drei Mr. Mumbles beugten sich vor und lauschten neugierig.

»Ich glaube, *das* ist es nicht«, bemerkte Lucille skeptisch. »Es geht wohl eher darum, dass er während des Krieges ein deutscher Spion war.«

Einer der Männer nickte bestätigend.

»Ja, ich hab' das von einem gehört, der alles über ihn wusste, der mit ihm in Deutschland aufgewachsen ist«, versicherte er uns nachdrücklich.

»O nein«, sagte das erste Mädchen, »das kann es nicht sein, denn während des Krieges war er ja in der amerikanischen Armee.« Als wir unsere Spekulationen wieder ihrer Version zuwandten, beugte sie sich aufgeregt vor. »Sie sollten ihn nur mal ansehen, wenn er sich unbeobachtet glaubt. Ich wette, er hat einen umgebracht.«

Sie verengte ihre Augen und fröstelte. Lucille zitterte. Wir alle drehten uns um und hielten Ausschau nach Gatsby – was das romantischen Rätselraten um ihn, das er auslöste, verdeutlicht. Und selbst jene, die normalerweise keine Lust dazu hatten, Gerüchte aufzuschnappen, tuschelten über ihn.

Der erste Abendessen wurde serviert – nach Mitternacht würde es noch ein weiteres geben –, und Jordan lud mich ein, mich ihrer Gruppe anzuschließen, die sich um einen Tisch auf der anderen Seite des Gartens versammelt hatte. Es waren drei verheiratete Paare sowie Jordans Begleiter, ein leicht aufdringlicher junger Student, der zu derber Anzüglichkeit neigte und offenbar überzeugt davon war, über kurz oder lang werde Jordan ihm ihren Körper in größerem oder geringerem Maße hingeben. Statt umherzustreifen, hatte sich diese Gesellschaft eine würdevolle Geschlossenheit bewahrt und sich selbst dazu auserkoren, den gediegenen Landadel zu repräsentieren. – Sieh an, East Egg ließ sich zu West Egg herab, war aber sorgsam auf der Hut vor dessen schillernder Umtriebigkeit.

»Verschwinden wir hier«, flüsterte Jordan nach einer irgendwie verlorenen und unbefriedigenden halben Stunde. »Die sind mir hier zu brav.«

Wir standen auf, und sie erklärte, wir würden uns besser auf die Suche nach dem Gastgeber machen: Ich sei ihm noch nie begegnet, sagte sie, und das müsste mich ja so langsam stören. Der junge Student nickte auf eine zynische, melancholische Art.

An der Bar, an die wir zuerst schauten, herrschte Gedränge, aber Gatsby war nicht da. Jordan konnte ihn vom obersten Absatz der Treppe aus nicht sehen, und auch auf der Veranda war er nicht. Auf gut Glück versuchten wir eine wichtig aussehende Tür und traten in eine hohe gotische Bibliothek, die mit geschnitzter englischer Eiche ausgekleidet und vermutlich komplett aus irgendeiner Ruine jenseits des Atlantiks hierher verfrachtet worden war.

Ein stämmiger Mann mittleren Alters mit einer riesigen eulenäugigen Brille saß einigermaßen betrunken auf der Kante eines großen Tischs und starrte mit flackernder Konzentration die Bücherregale an. Als wir eintraten, drehte er sich hektisch zu uns herum und musterte Jordan von Kopf bis Fuß.

»Was denken Sie?«, fragte er aufgeregt.

»Worüber?«

Er winkte in Richtung Bücherregale.

»Darüber. Eigentlich brauchen Sie sich keine Mühe machen, sie zu untersuchen. Hab schon geschaut. Sie sind echt.«

»Die Bücher?«

Er nickte.

»Absolut echt – mit Seiten und allem. Ich hielt sie zuerst für 'ne schöne stabile Pappattrappe. Aber Tatsache, sie sind echt. Mit Seiten und … Hier! Ich zeig's Ihnen.«

Er meinte, wir seien noch nicht überzeugt, stürmte zu den Bücherregalen und kam mit Band eins von *Stoddard's Lectures* zurück.

»Hier!«, rief er triumphierend. »Ein veritables Druckerzeugnis. Hat mich ausgetrickst. Der Bursche ist ein regelrechter Belasco[3]. Es ist großartig. Was für eine Gründlichkeit! Was für ein Pragmatismus! Wusste auch, wann er aufhören musste – hat die Seiten nicht aufgeschnitten. Aber was wollen Sie? Was erwarten Sie schon?«

Er schnappte mir das Buch wieder weg, stellte es hastig ins Regal zurück und murmelte so etwas wie die ganze Bibliothek könnte einstürzen, würde man auch nur einen Mosaikstein entfernen.

»Mit wem sind Sie gekommen?«, forschte er. »Oder sind Sie alleine gekommen? Ich wurde mitgebracht. Die meisten hier wurden mitgebracht.«

Jordan musterte ihn genau, amüsiert, ohne zu antworten.

»Mich hat eine Frau namens Roosevelt mitgebracht«, fuhr er fort. »Mrs. Claud Roosevelt. Kennen Sie sie? Ich bin ihr gestern Abend irgendwo

---

[3] *David Belasco (1853–1931), amerikanischer Dramatiker, Regisseur und Theaterproduzent*

begegnet. Seit ungefähr einer Woche bin ich nun betrunken, und ich dachte, in einer Bibliothek zu sitzen könnte mich nüchtern machen.«

»Und?«

»Ein bisschen, glaube ich. Kann's noch nicht sagen. Ich sitze erst seit einer Stunde hier. Hab ich Ihnen schon von den Büchern erzählt? Sie sind echt. Sie sind —«

»Ja, haben Sie.«

Wir schüttelten ihm würdevoll die Hand und gingen wieder raus.

Auf der Segeltuchbühne im Garten wurde inzwischen getanzt; ältere Männer schoben junge Mädchen plump und nicht enden wollend in Kreisen vor sich her, versierte Tanzpaare umschlangen einander neumodisch qualvoll und hielten sich dabei in den Ecken auf – und jede Menge Mädchen tanzten einzeln nach ganz eigener Fasson oder befreiten das Orchester für einen Moment von der Last des Banjos oder Schlagzeugs. Gegen Mitternacht war dann die Stimmung noch ausgelassener. Ein gefeierter Tenor hatte Italienisches, eine berüchtigte Altstimme hatte Jazz gesungen, und zwischendurch vollführten die Leute überall im Garten »Kunststückchen«, während oberflächliche Salven fröhlichen Gelächters in den Sommerhimmel schallten. Ein Paar von ›Zwillingen‹, das sich als die Mädchen in Gelb entpuppte, zeigte auf der Bühne kostümiert eine Baby-Parodie, und der Champagner wurde in Gläsern wahrlich größer als Fingerschalen serviert. Der Mond war höher gestiegen, und in der Bucht trieben Dreiecke silberner Schuppen und zitterten leise zum harten, blechernen Tröpfeln der Banjos oben auf dem Rasen.

Ich hielt mich noch immer an Jordan Baker. Wir saßen an einem Tisch mit einem Mann etwa meines Alters und einem übermütigen jungen Mädchen, das beim geringsten Scherz in unkontrolliertes Lachen ausbrach. Ich hatte jetzt Spaß. Nach zwei Schalen Champagner verwandelte sich die Szenerie vor meinen Augen in etwas Echtes, Natürliches und Solides.

Während einer Pause im Unterhaltungsprogramm schaute ein Mann mich an und lächelte.

»Ihr Gesicht kommt mir bekannt vor«, sagte er höflich. »Waren Sie während des Krieges nicht in der Ersten Division?«

»Ja genau. Ich war im Neunten Maschinengewehr-Battalion.«

»Ich war im Siebten, bis Juni Neunzehn-achtzehn. Ich wusste doch, dass ich Sie schon mal irgendwo gesehen habe.«

Wir sprachen eine Weile über das ein oder andere nassgraue Dörfchen in Frankreich. Offensichtlich wohnte er hier in dieser Gegend, denn er erzählte, er habe sich gerade ein Wasserflugzeug gekauft und wolle es am nächsten Morgen ausprobieren.

»Begleiten Sie mich, alter Kamerad? Nur an der Küste entlang und über den Sund.«

»Um wie viel Uhr?«

»Wann immer Sie mögen.«

Ich wollte ihn gerade nach seinem Namen zu fragen, als Jordan sich umsah und lächelte.

»Amüsieren Sie sich jetzt besser?«, fragte sie.

»Viel besser.« Ich wandte mich wieder meiner neuen Bekanntschaft zu. »Das scheint mir eine recht ungewöhnliche Party zu sein. Den Gastgeber habe ich noch nicht mal zu Gesicht bekommen. Ich wohne gleich da drüben« – ich deutete in Richtung der düsteren Hecke in der Ferne – »und dieser Gatsby hat seinen Chauffeur mit einer Einladung herübergeschickt.«

Einen Augenblick lang sah er mich leicht irritiert an.

»Ich bin Gatsby«, sagte er mit einem Mal.

»Was!«, rief ich aus. »Oh, bitte verzeihen Sie.«

»Ich dachte, Sie wüssten das, alter Knabe. Ich fürchte, ich bin kein sonderlich guter Gastgeber.«

Er lächelte verstehend – weit mehr als verstehend. Es war jenes höchst seltene Lächeln, das einem für alle Zeiten Beruhigung schenkt, ein Lächeln, das einem vielleicht nur vier- oder fünfmal im Leben begegnet. Es blickte – so kam es einem wenigstens vor – für einen Augenblick der gesamten äußeren Welt entgegen, und konzentrierte sich dann auf *dich* mit unwiderstehlicher, positiver Voreingenommenheit. Es verstand dich gerade so weit, wie du verstanden werden wolltest, glaubte an dich, wie du selbst gern an dich glauben würdest, und versicherte dir, es habe von dir genau jenen Eindruck gewonnen, den du im besten Fall zu vermitteln hofftest. Genau an diesem Punkt verflog es – und ich schaute in das Gesicht eines eleganten jungen Raubeins, ein Jahr oder zwei über dreißig, dessen formvollendete Redeweise schon fast absurd war. Bereits eine Weile bevor er sich mit Namen vorgestellt hatte, gewann ich das deutliche Gefühl, dass er seine Worte sehr bedachtsam wählte.

Fast im selben Augenblick, als Mr. Gatsby sich zu erkennen gab, kam eilig ein Butler zu ihm, mit der Nachricht, Chicago sei am Telefon. Gatsby entschuldigte sich mit einer leichten Verneigung, die jeden von uns der Reihe nach einschloss.

»Wenn Sie irgendetwas brauchen, fragen Sie einfach danach, alter Knabe«, wies er mich an. »Entschuldigen Sie mich. Ich komme später wieder zu Ihnen.«

Als er gegangen war, wandte ich mich sofort an Jordan – ich wollte ihr unbedingt sofort meine Überraschung kundtun. Ich hatte mir Gatsby anders vorgestellt – etwa als rotgesichtigen, korpulenten Mann mittleren Alters.

»Wer ist er nur?«, forschte ich. »Wissen Sie das?«

»Er ist einfach ein Mann namens Gatsby.«

»Ich meine, woher kommt er her? Was tut er?«

»Jetzt fangen *Sie* auch noch damit an«, antwortete sie mit einem müden Lächeln. »Also schön, mir hat er mal erzählt, er habe in Oxford studiert.«

Die vage Ahnung einer Vorgeschichte begann sich anzudeuten, doch ihre folgenden Worte ließ sie gleich wieder verblassen.

»Allerdings glaube ich ihm nicht.«

»Warum nicht?«

»Ich weiß nicht«, beharrte sie, »ich glaube einfach nicht, dass er dort war.«

Der Tonfall, in dem sie das sagte, erinnerte mich an das »Ich glaube, er hat einen umgebracht« des anderen Mädchens, und meine Neugier wurde weiter angefacht. Sicher hätte ich ohne Nachfragen der Auskunft geglaubt, dass Gatsby den Sümpfen Louisianas oder der Lower East Side New Yorks entstammte. Das hätte mir eingeleuchtet. Aber junge Männer entspringen nicht – das konnte ich mir in meiner provinziellen Naivität nicht vorstellen – so beiläufig dem Nirgendwo und kaufen sich einen Palast am Long Island Sund.

»Wie auch immer, er stellt jedenfalls riesen Partys auf die Beine«, sagte Jordan und wechselte mit dem Widerwillen des Städters gegen alles Konkrete das Thema. »Und ich mag große Partys. Sie sind diskret. Auf kleinen Partys kann man sich nirgendwohin zurückziehen.«

Man hörte eine Basstrommel dröhnen, und die Stimme des Kapellmeisters erhob sich plötzlich über die Kakophonie des Gartens.

»Meine Damen und Herren«, rief er. »Auf Wunsch von Mr. Gatsby spielen wir nun für Sie Mr. Vladimir Tostoffs neuestes Werk, das letzten Mai in der Carnegie Hall für so viel Furore sorgte. Wenn Sie die Zeitungen lesen, wissen Sie, dass es eine große Sensation war.« Er lächelte heiter herablassend und fügte hinzu: »Und was für eine Sensation!« Worauf alle lachten.

»Das Stück«, schloss er aufgedreht, »ist bekannt als *Vladimir Tostoffs Weltge-schichte des Jazz.*«

Welcher Art Mr. Tostoffs Komposition war, entging mir, denn just als das Stück begann, fiel mein Blick auf Gatsby, der allein auf der marmornen Treppe stand und anerkennend eine Gruppe nach der anderen betrachtete. Seine gebräunte Haut formte sich einnehmend straff über seinem Gesicht, und sein kurzes Haar sah aus, als würde es täglich in Form gebracht. Ich konnte nichts Unheimliches an ihm entdecken. Ich fragte mich, ob schon die Tatsache, dass er nichts trank, ihn aus der Schar der Gäste heraushob – er wirkte umso korrekter auf mich, je ausgelassener die allgemeine Hochstim-mung wurde. Als die *Weltgeschichte des Jazz* ausgetönt hatte, lehnten Mädchen welpenhaft keck ihre Köpfe an Männerschultern, ließen sich Mädchen verzückt rücklings in Männerarme sinken, ja in ganze Gruppen hinein, in der Gewissheit, dass einer sie schon auffangen werde – doch keines sank rücklings in Gatsbys Arme, kein französischer Kurzhaarschnitt legte sich an Gatsbys Schulter, und kein Gesangsquartett formierte sich unter Gatsbys Leitung zu einem Teil des Ensembles.

»Entschuldigen Sie bitte.«

Gatsbys Butler stand plötzlich neben uns.

»Miss Baker?«, fragte er. »Verzeihen Sie, aber Mr. Gatsby würde gern mit Ihnen unter vier Augen sprechen.«

»Mit mir?«, rief sie überrascht aus.

»Ja, Madame.«

Sie stand langsam auf, zog die Augenbrauen hoch, während sie mich erstaunt ansah, und folgte dem Butler ins Haus. Mir fiel auf, dass sie ihr Abendkleid, ja all ihre Kleider, wie einen Sportdress trug – ihre Bewegungen hatten eine Lockerheit, als hätte sie das Gehen an knackigen, taufrischen Morgen auf Golfplätzen gelernt.

Ich war allein, und es war fast zwei Uhr. Eine Zeit lang hörte man verwor-rene, neugierig machende Laute aus dem langen, vielfenstrigen Raum, der seitwärts über der Terrasse schwebte. Ich entkam Jordans jungem Studenten, der inzwischen mit zwei Revuetänzerinnen in ein langatmiges Gespräch verwickelt war, und flehte, ich solle mich dazugesellen. Ich ging ins Haus.

Der große Raum war voller Leute. Eines der Mädchen in Gelb spielte Klavier, und neben ihr stand singend eine hochgewachsene, rothaarige junge Lady, die zu einem berühmten Chor gehörte. Sie hatte so einiges an Cham-pagner intus, und im Verlauf ihres Vortrags hatte sie unglücklicherweise entschieden, dass alles sehr, sehr traurig war – sie sang nicht nur, sie weinte auch. Wann immer es eine Pause im Lied gab, füllte sie sie mit gebrochenen, luftschnappenden Schluchzern und fuhr dann mit bebendem Sopran im Text fort. Die Tränen strömten ihr über die Wangen – freilich nicht ganz ungehindert, denn sobald sie mit ihren stark geschminkten Wimpern in Berührung kamen, nahmen sie die Farbe von Tinte an und legten den Rest ihres Weges stockend als schwarze Rinnsale zurück. Von irgendwo kam der humorige Vorschlag, sie solle doch nach den ›Noten‹ auf ihrem Gesicht singen, woraufhin sie die Hände hochwarf, auf einen Stuhl sank und in einen tiefen, weinseligen Schlaf hineinglitt.

»Sie hatte Streit mit einem Mann, der sagt, ihr Ehemann zu sein«, erklärte ein Mädchen, das neben mir stand.

Ich schaute mich um. Die meisten der verbliebenen Damen hatten nun Streit mit Männern, die behaupteten, ihre Ehemänner zu sein. Selbst Jordans Bekanntenkreis, das Quartett aus East Egg, war nach einigen Disputen zerfranst. Einer der Männer unterhielt sich mit übertriebener Zuwendung mit einer jungen Schauspielerin, und seine Frau, die angesichts dessen zunächst noch würdevoll und gleichgültig zu lachen versucht hatte, verlor völlig die Fassung und startete Attacken von der Seite – in Abständen blitzte sie immer wieder wie ein zorniger Diamant neben ihm auf und zischte »Du hast es versprochen!« in sein Ohr.

Doch nicht nur ungehobelte Kerle wehrten sich gegen den Gedanken, nach Hause gehen zu müssen. In der Halle standen nun zwei beklagenswert nüchtern gebliebene Männer und ihre hoch empörten Frauen. Letztere bemitleideten sich gegenseitig mit erhobenen Stimmen.

»Sobald er mitbekommt, dass ich mich amüsiere, will er nach Hause.«

»So was Egoistisches ist mir mein Lebtag noch nicht begegnet.«

»Wir sind immer die Ersten, die gehen.«

»Genau wie wir.«

»Na ja, heute sind wir beinahe die Letzten«, sagte einer der Männer kleinlaut. »Das Orchester hat schon vor einer halben Stunde Schluss gemacht.«

Trotz des vereinten Protests der Gattinnen, solcherlei Böswilligkeit sei doch unglaublich, endete der Disput in einem kurzen Gerangel, und beide Frauen wurden in die Nacht hinaus geschubst und gezerrt.

Während ich in der Halle auf meinen Hut wartete, öffnete sich die Tür zur Bibliothek und Jordan Baker und Gatsby traten heraus. Er sagte gerade irgendein letztes Wort zu ihr, doch das Angestrengte in seinem Verhalten straffte sich unvermittelt zur Förmlichkeit, als einige Leute zu ihm heran kamen, um sich zu verabschieden.

Jordans Leute riefen von der Veranda aus ungeduldig nach ihr, doch sie blieb noch einen Moment, um mir die Hand zu schütteln.

»Ich habe gerade das Erstaunlichste aller Zeiten gehört«, flüsterte sie. »Wie lang waren wir da drin?«

»Warum? – Ungefähr eine Stunde.«

»Es war ... einfach erstaunlich«, wiederholte sie sinnierend. »Aber ich habe geschworen, nichts zu verraten, und jetzt spanne ich Sie hier auf die Folter.« Sie gähnte mir würdevoll ins Gesicht. »Bitte kommen Sie und besuchen Sie mich ... Telefonbuch ... Unter dem Namen Mrs. Sigourney Howard ... Meine Tante ...« Noch im Sprechen zog sie von dannen – ihre gebräunte Hand winkte sorglos zum Abschied, als sie an der Tür mit der Gruppe ihrer Bekannten verschmolz.

Einigermaßen beschämt, dass ich gleich bei meinem ersten Besuch so lange geblieben war, schloss ich mich den letzten von Gatsbys Gästen an, die ihn noch umringten. Ich wollte ihm erklären, dass ich ihn zu Beginn des Abends hatte finden wollen, und mich dafür entschuldigen, dass ich ihn im Garten nicht erkannt hatte.

»Nicht der Rede wert«, versicherte er mir nachdrücklich. »Vergessen Sie's einfach, alter Knabe.« Die vertrauliche Anrede bedeutete genauso wenig plumpe Vertraulichkeit, wie die Hand, die beschwichtigend meine Schulter berührte. »Und vergessen Sie nicht, dass wir eine Runde mit dem Wasserflugzeug drehen, morgen früh um neun Uhr.«

Dann der Butler, schräg hinter ihm:

»Philadelphia wünscht Sie am Telefon, Sir.«

»Ja gut, einen Moment noch. Sagen Sie ihnen, ich bin gleich da ... Gute Nacht.«

»Gute Nacht.«

»Gute Nacht.« Er lächelte – und plötzlich schien es auf eine wohltuende Weise bedeutsam zu sein, dass ich unter den Letzten war, die gingen, als hätte er sich das die ganze Zeit über gewünscht. »Gute Nacht, alter Knabe ... Gute Nacht.«

Aber als ich die Stufen hinunterging sah ich, dass der Abend noch nicht ganz vorüber war. Fünfzig Fuß von der Tür entfernt beleuchtete ein Dutzend Scheinwerfer eine bizarre, aufgeregte Szene. Im Graben neben der Straße stand, gerade noch aufrecht, aber gewaltsam eines Rades entledigt, ein neues

Coupé, das Gatsbys Auffahrt keine zwei Minuten zuvor verlassen hatte. Ein scharfer Mauervorsprung war wohl verantwortlich für den abgerissene Reifen, dem nun ein halbes Dutzend Chauffeure neugierige Aufmerksamkeit schenkte. Aber ihre verlassenen Wagen blockierten nun die Straße, und seit einiger Zeit schallte von den weiter hinten stehenden ungeduldiges, vielstimmiges Hupen heran und verstärkte noch das ohnehin schon gewaltige Durcheinander der Szene.

Ein Mann in einem leichten knopflosen Staubmantel wie ihn Autofahrer benutzten, stieg aus dem Unglückswagen, stand nun mitten auf der Straße und schaute verwirrt und unschuldig vom Auto zum Reifen und vom Reifen zu den Schaulustigen.

»Sehen Sie!«, erklärte er. »Einfach in den Graben gefahren.«

Dis Sache erstaunte ihn grenzenlos, und ich erkannte zuerst die ungewöhnliche Intensität dieses Verblüfftseins und dann den Mann – es war der späte Gast aus Gatsbys Bibliothek.

»Wie ist das passiert?«

Er zuckte die Schultern.

»Ich verstehe absolut nichts von Technik«, sagte er entschieden.

»Aber was ist denn passiert? Sind Sie gegen die Mauer gefahren?«

»Fragen Sie mich nicht«, sagte Eulenauge, sich de Hände in Unschuld waschend. »Ich verstehe sehr wenig vom Autofahren – praktisch gar nichts. Es ist passiert, mehr weiß ich nicht.«

»Tja, wenn Sie so ein miserabler Fahrer sind, sollten Sie's wenigstens nicht nachts versuchen.«

»Aber ich hab's ja gar nicht versucht«, erklärte er entrüstet, »ich hab's ja gar nicht versucht.«

Betretenes Schweigen senkte sich auf die Umstehenden.

»Wollten Sie sich umbringen?«

»Sie haben Glück, dass es nur ein Rad erwischt hat! Ein schlechter Fahrer sein, und dann behaupten, sie hätten *es nicht mal versucht!*«

»Sie verstehen nichts«, erklärte der Angeklagte. »Ich bin nicht gefahren. Da sitzt noch ein anderer im Auto.«

Der Schock, der dieser Erklärung folgte, bündelte sich in einem lang gezogenen »Ah-h-h!«, als die Tür des Coupés langsam aufklappte. Die Menge – inzwischen war es eine Menge – wich unwillkürlich zurück, und als die Tür sich weit geöffnet hatte, entstand eine unheimliche Pause. Dann, ganz langsam, Körperteil für Körperteil, schob sich ein bleiches, schlackerndes Individuum aus dem Wrack und scharrte zögerlich und unsicher mit einem großen Tanzschuh über den Boden.

Geblendet vom Strahlen der Scheinwerfer und durch das pausenlose Stöhnen der Hupen verwirrt, stand der Erschienene für einen Augenblick schwankend da, ehe er den Mann im Fahrermantel erkannte.

»Was'n los?«, erkundigte er sich seelenruhig. »Kein' Sprit mehr?«

»Schauen Sie hin!«

Ein halbes Dutzend Finger zeigte auf das amputierte Rad – er starrte einen Moment lang darauf und richtete dann den Blick zum Himmel, argwöhnend, es sei von dort herab gefallen.

»Ist abgefallen«, erklärte jemand.

Er nickte.

»Zuerst hab ich gar nich gemerkt, dass wir angehaltn habn.«

Pause. Dann, tief Atem holend und die Schultern straffend, sagte er mit entschlossener Stimme:

»Möcht wissen, ob mir einer sagn kann, wo hier 'ne Tankstelle is?«

Mindestens ein Dutzend Männer, einige davon in nicht weniger schlechter Verfassung als er, erklärten ihm, dass Rad und Auto nicht länger physisch miteinander verbunden waren.

»Zurücksetzn«, schlug er kurz darauf vor. »Den Rückwärtsgang einleg'n.«

»Aber das *Rad* ist ab!«

Er zögerte.

»Probiern kann man's ja«, sagte er.

Das Jaulen der Hupen hatte inzwischen seinen Höhepunkt erreicht und ich wandte mich um und durchquerte den Rasen nach Hause. Einmal schaute ich mich flüchtig um. Ein keksförmiger Mond beschien Gatsbys Haus, machte die Nacht schön wie zuvor und hatte das Gelächter und das Lärmen des noch immer glühenden Gartens schadlos überlebt. Es war, als flösse eine plötzliche Leere aus den Fenstern und Flügeltüren und hüllte nun die Gestalt des Gastgebers, der auf der Veranda stand und seine Hand zu einer förmlichen Geste des Abschieds hob, in vollkommene Einsamkeit.

*

Wenn ich noch einmal lese, was ich bisher geschrieben habe, fällt mir auf, dass ich den Eindruck vermittle, die Ereignisse dreier Nächte im Abstand mehrerer Wochen seien das Einzige gewesen, das mich beschäftigte. In

Wirklichkeit waren sie nur ziemlich beiläufige Ereignisse in einem prallvollen Sommer, und erst einmal, zumindest bis zu einem gewissen Zeitpunkt, beschäftigten sie mich weit weniger als meine persönlichen Angelegenheiten.

Die meiste Zeit war ich am Arbeiten. Frühmorgens warf die Sonne meinen Schatten nach Westen, wenn ich durch die weißen Schluchten Lower Manhattans zum Probity Trust eilte. Ich war mit den übrigen Angestellten und jungen Wertpapierhändlern per Du und saß mit ihnen während der Mittagspause in verräucherten, überfüllten Lokalen bei Schweinswürstchen, Kartoffelbrei und Kaffee. Ich hatte sogar eine kurze Affäre mit einem Mädchen, das in Jersey wohnte und in der Buchhaltung arbeitete, aber ihr Bruder begann mir böse Blicke zuzuwerfen, und so ließ ich, als sie im Juli in Urlaub fuhr, die Sache leise ausklingen.

Das Abendessen nahm ich üblicherweise im Yale Club ein – in gewisser Weise war das das tristeste Ereignis meines Tages –, danach ging ich hinauf in die Bibliothek und studierte geflissentlich eine Stunde lang Kapitalanlagen und Schuldverschreibungen. Normalerweise gab es immer ein paar Rabauken im Club, aber sie betraten nie die Bibliothek, sodass es sich dort gut arbeiten ließ. Anschließend schlenderte ich, wenn es eine milde Nacht war, die Madison Avenue hinunter, vorbei am alten Murray Hill Hotel und über die 33. Straße zur Pennsylvania Station.

Ich begann, New York zu mögen, die dynamische, flirrende Atmosphäre bei Nacht und die Befriedigung, die das stetige Umherschwirren von Männern, Frauen und Maschinen dem neugierigen Auge bietet. Ich mochte es, die Fifth Avenue hinauf zu schlendern, mir mit den Augen traumhafte Frauen herauszupicken und mir vorzustellen, dass ich in wenigen Minuten in ihr Leben treten und niemand es je erfahren oder anprangern würde. Hin und wieder, in meinen Gedanken, folgte ich ihnen bis zu ihren Wohnungen, vorbei an verborgenen Straßenecken. Und dann würden sie sich zu mir umdrehen und mein Lächeln erwidern, ehe sie durch eine Tür in warme Dunkelheit verschwanden. Im verzauberten Zwielicht der Großstadt empfand ich manchmal eine quälende Einsamkeit, und konnte sie auch bei anderen spüren – bedauernswerten jungen Angestellten, die vor Fenstern herumtrödelten und warteten, bis die Zeit zum einsamen Abendessen im Restaurant gekommen war – junge Angestellte im Schatten, die die ergreifendsten Momente der Nacht und des Lebens vergeudeten.

Und dann gegen acht, wenn die dunklen Furchen der Vierzigerstraßen fünfspurig mit pulsierenden Taxis auf dem Weg zum Broadway vollgestopft waren, wurde mir wieder das Herz schwer. Schemen lehnten sich hinter den Scheiben der wartenden Taxis aneinander, Stimmen und Gelächter von draußen nicht zu verstehenden Witzen sangen, und glühende Zigaretten im Inneren beschrieben nicht zu deutende Kreise. Ich stellte mir vor, dass auch ich irgendeiner Vergnügung zustrebte, nahm Anteil an ihrer innigen Vorfreude und wünschte ihnen das Beste.

*

Für eine Weile hatte ich Jordan Baker aus den Augen verloren, aber dann, im Hochsommer, begegnete ich ihr wieder. Zuerst schmeichelte es mir, mit ihr herumzuziehen, weil sie Golfmeisterin war und alle Welt ihren Namen kannte. Dann begann es etwas mehr zu werden. Ich war nicht wirklich verliebt, aber ich empfand eine Art zärtliche Zuwendung. Das gelangweilte, hochmütige Gesicht, das sie der Welt zeigte, verbarg etwas – die meisten Affektiertheiten verbergen etwas, selbst wenn sie es anfangs nicht tun –, und eines Tages fand ich heraus, was es war. Als wir bei einer privaten Party oben in Warwick waren, ließ sie einen geliehenen Wagen mit offenem Verdeck draußen im Regen stehen und zog sich mit einer Lüge aus der Affäre – und plötzlich erinnerte ich mich wieder an die Geschichte, die mir an jenem Abend bei Daisy nicht einfallen wollte. Bei ihrem ersten großen Golfturnier hatte es einen Eklat gegeben, der es knapp in die Zeitungen geschafft hatte: Man verdächtigte sie damals, im Halbfinale ihren Ball aus schlechter Position umgelegt zu haben. Die Sache wuchs sich beinahe zu einem Skandal aus – und verebbte dann. Ein Caddie revidierte seine Aussage, und der einzige andere Zeuge räumte ein, er könne sich möglicherweise geirrt haben. Aber Vorfall und Name waren in meinem Gedächtnis hängen geblieben.

Jordan Baker ging cleveren, gewitzten Männern instinktiv aus dem Weg, und nun verstand ich, warum: sie fühlte sich sicherer auf Gelände, auf dem niemand eine Abweichung von der Norm erwarten würde. Denn sie war unheilbar unehrlich. Sie konnte es nicht ertragen, unterlegen zu sein, und dieser Widerwille war vermutlich der Grund dafür, dass sie seit frühester Jugend Mittel suchte, um der Welt weiterhin jenes kühle, anmaßende Lächeln zeigen und dennoch die Bedürfnisse ihres trainierten und dabei grazilen Körpers befriedigen zu können.

Für mich machte das keinen Unterschied. Unehrlichkeit kannst du einer Frau nie wirklich übel nehmen. – Ich war zuerst ein wenig betrübt, dann vergaß ich es wieder. Auf derselben Party führten wir auch ein merkwürdiges Gespräch übers Autofahren. Es begann damit, dass sie so dicht an einigen

51

Arbeitern vorbeifuhr, dass der Kotflügel einem der Männer einen Knopf von der Jacke pflückte.

»Du bist ein hundsmiserabler Fahrer«, protestierte ich. »Wenn du nicht vorsichtiger bist, solltest du besser gar nicht fahren.«

»Ich bin vorsichtig.«

»Nein, wirklich nicht.«

»Tja, andere Leute schon«, sagte sie leichthin.

»Was soll das denn bedeuten?«

»Sie werden mir schon ausweichen«, beharrte sie. »Zu einem Unfall braucht's immer zwei.«

»Nimm an, du triffst auf einen, der genauso unvorsichtig ist wie du.«

»Das wird hoffentlich nie passieren«, antwortete sie. »Ich hasse unvorsichtige Menschen. Deshalb mag ich *dich*.«

Ihre grauen, sonnengestählten Augen blickten zielgerichtet nach vorn, aber sie hatte soeben absichtlich die Ebene unserer Beziehung eine Etage höher gehoben, und für einen Moment dachte ich, dass ich sie liebe. Aber ich bin ein Zauderer voller innerer Regeln, die wie Bremsen auf meine Sehnsüchte drücken, und mir war klar, dass ich mich zuerst vollständig aus den Verwicklungen befreien musste, die mich zu Hause festhielten. Immer noch schrieb ich wöchentlich einen Brief und unterzeichnete ihn mit »In Liebe, Dein Nick«, aber alles, was mir dabei in den Sinn kam, war, wie sich, wenn das gewisse Mädchen Tennis spielte, der Anflug eines Bärtchens aus Schweißperlen auf ihrer Oberlippe bildete. Wie auch immer, es gab da halt diese vage Übereinkunft, die taktvoll gelöst werden musste, ehe ich frei war.

Jeder vermutet bei sich selbst zumindest eine Kardinaltugend, und bei mir ist es diese: Ich bin einer der wenigen ehrlichen Menschen, der mir bisher begegnet ist.

KAPITEL 4

WENN SONNTAG MORGENS in den Küstendörfern die Kirchenglocken läuteten, kehrte die Welt mit ihrer Gespielin zu Gatsbys Haus zurück und funkelte schelmisch auf dem Rasen.

»Er ist ein Alkoholschmuggler«, sagten die jungen Damen, irgendwo zwischen Cocktails und Blumen lustwandelnd. »Er hat mal einen Mann getötet, der herausgefunden hatte, dass er ein Neffe Hindenburgs ist, sowie ein Cousin zweiten Grades des Teufels. Reich mir eine Rose, Schätzchen, und gieß mir noch einen letzten Tropfen hier in das Kristallglas.«

Einmal notierte ich in den Lücken eines Fahrplans die Namen all derer, die in jenem Sommer in Gatsbys Haus auftauchten. Das Heft ist inzwischen alt und zerfällt langsam; es trägt die Aufschrift »Fahrplan, gültig ab 5. Juli 1922«. Die grauen Namen lassen sich immer noch entziffern, und sie werden euch einen weit besseren Einblick – besser als meine Verallgemeinerungen – in jene Gesellschaft vermitteln, die Gatsbys Gastfreundschaft in Anspruch nahm und es ihm feinsinnig damit vergalt, nicht das Geringste über ihn zu wissen.

Aus East Egg also kamen die Chester Beckers und die Leeches, und ein Mann namens Bunsen, den ich aus Yale kannte, sowie Doktor Webster Civet, der letzten Sommer oben in Maine ertrunken ist. Auch die Hornbeams waren da und die Willie Voltaires und ein ganzer Clan namens Blackbuck, die sich jedes Mal in einer Ecke sammelten und jedem, der ihnen zu nahe kam, misstrauisch die Nase entgegen reckten wie die Ziegen. Außerdem die Ismays und die Chrysties (oder besser gesagt Hubert Auerbach mit Mr. Chrysties Frau) sowie Edgar Beaver, dessen Haar angeblich eines Winternachmittags ohne jeden ersichtlichen Anlass schlohweiß geworden war.

Clarence Endive kam aus East Egg, soweit ich mich erinnere. Er war nur einmal da, in weißen Knickerbockern und geriet im Garten mit einem Saufbold namens Etty aneinander. Von weiter draußen auf der Insel kamen die Cheadles und die O. R. P. Schraeders, die Stonewall Jackson Abrams aus Georgia sowie die Fishguards und die Ripley Snells. Snell musste drei Tage später ins Gefängnis einfahren und lag derart betrunken in der Kieseinfahrt, dass Mrs. Ulysses Swetts Automobil ihm über die rechte Hand rollte. Auch die Dancies erschienen, ebenso wie S. B. Whitebait, der weit über sechzig war, Maurice A. Flink, die Hammerheads und Beluga, der Tabakimporteur, und dazu noch Belugas Mädels.

Aus West Egg ließen sich die Poles und die Mulreadys sehen, ebenso wie Cecil Roebuck und Cecil Schoen, Senator Gulick, Newton Orchid, Geschäftsführer von ›Films Par Excellence‹, sowie Eckhaust, Clyde Cohen, Don S. Schwartze (der Jüngere) und Arthur McCarty, die allesamt auf die eine oder andere Weise mit der Filmbranche verbandelt waren. Außerdem die Catlips, die Bembergs und G. Earl Muldoon, der Bruder jenes Muldoon, der später seine Frau erdrosselte. Der Mäzen Da Fontano kam ebenso wie Ed Legros und James B. (›Fusel‹) Ferret, die De Jongs und Ernest Lilly – die waren hier, um zu spielen, und wenn Ferret sich hinaus in den Garten trollte, hieß das, er war blank – und ›Associated Traction‹ müsste sich am nächsten Tag gefälligst profitabel schlagen.

Ein Mann namens Klipspringer war so oft und so lange da, dass man ihn nur noch den »Absacker« nannte – ich frage mich, ob er überhaupt ein anderes Zuhause hatte. Von den Theaterleuten kamen Gus Waize und Horace O'Donavan, Lester Meyer, George Duckweed und Francis Bull. Ebenfalls aus New York tauchten auf: die Chromes und die Backhyssons und die Dennickers, Russel Betty, die Corrigans, die Kellehers und die Dewars sowie die Scullys und S. W. Belcher und die Smirkes und das Quinn-Pärchen, das inzwischen geschieden ist, und Henry L. Palmetto, der sich später das Leben nahm, indem er am Times Square vor eine U-Bahn sprang.

Benny McClenahan kam immer mit vier Mädchen im Schlepptau. Rein physisch betrachtet waren es nie dieselben, aber sie glichen einander so sehr, dass man zwangsläufig den Eindruck haben musste, sie wären schon einmal da gewesen. Ihre Namen habe ich vergessen – Jaqueline vielleicht oder auch Consuela oder Gloria oder Judy oder June, und ihre Nachnamen waren entweder wohlklingend wie Blumen und Monate, oder es waren die seriösen Namen großer amerikanischer Kapitalisten, deren Cousinen zu sein sie behaupteten, wenn man sie danach ausquetschte.

Darüber hinaus kann ich mich erinnern, dass mindestens einmal Faustina O'Brien dort war, genau wie die Baedeker-Mädchen und der junge Brewer, dem man im Krieg die Nase weggeschossen hatte, Mr. Albrucksburger mit seiner Verlobten Miss Haag, dann Ardita Fitz-Peters und Mr. P. Jewett, ehemals Vorstand der American Legion, ebenso wie Miss Claudia Hip samt einem Mann, den man für ihren Chauffeur halten konnte, sowie ein Prinz von Irgendwas, den wir Duke nannten und dessen Name mir, sollte ich ihn je gekannt haben, entfallen ist.

All diese Leute kamen im Sommer zu Gatsbys Haus.

*

Eines Tages, im späten Juli, schaukelte morgens um neun Uhr Gatsbys großartiger Wagen die holprige Auffahrt zu meiner Haustür herauf und tönte melodisch mit seiner Drei-Ton-Hupe. Es war das erste Mal, dass er bei mir vorfuhr, obwohl ich bereits auf zwei seiner Partys gewesen war, in seinem Wasserflugzeug abhob, und auf seine nachdrückliche Einladung hin regelmäßig seinen Badestrand nutzte.

»Guten Morgen, alter Knabe. Sie essen heute mit mir zu Mittag! Und ich dachte, wir fahren am besten zusammen stadtwärts.«

Er balancierte auf dem Trittbrett seines Wagens und zeigte dabei jene routinierte Beweglichkeit, die so eigentümlich amerikanisch ist – und die, wie ich meine, vom Fehlen starren Herumsitzens, von harter körperlicher Arbeit in der Jugend, und, mehr noch, von der unbestimmbaren Grazie unseres chaotischen, sporadischen Sportunterrichts herrührt. Diese Eigenschaft durchbrach immer wieder sein peinlich korrektes Verhalten, und trat als eine Art Rastlosigkeit zu Tage. Nie hielt er sich völlig ruhig; stets rührte sich irgendwo ein ungeduldig klopfender Fuß oder eine Hand öffnete und schloss sich.

Er bemerkte, dass ich voller Bewunderung seinen Wagen betrachtete.

»Er ist schön, nicht wahr, alter Knabe?« Er sprang herunter, um mir eine bessere Sicht darauf zu ermöglichen. »Hatten Sie ihn noch nicht gesehen?«

Ich hatte ihn gesehen. Jeder hatte ihn gesehen. Er war satt cremefarben mit glänzenden Nickelbeschlägen, an verschiedenen Stellen seiner schieren Länge war er ausgebuchtet von prächtigen Hut- und Picknick- und Werkzeugfächern und eingerahmt aus einem Labyrinth von Windschutzscheiben, die Dutzende Sonnen widerspiegelten. Hinter den vielen Glasschichten sitzend, wie in einer Art mit grünem Leder gepolsterten Wintergartens machten wir uns auf den Weg in die Stadt.

Im letzten Monat hatte ich vielleicht ein halbes Dutzend Mal mit Gatsby gesprochen und dabei etwas enttäuscht festgestellt, dass er gar nicht viel zu sagen hatte. Mein erster Eindruck, er sei eine auf undefinierbare Weise bedeutsame Persönlichkeit, war allmählich verblasst, und nun stellte er für mich nichts weiter als den Inhaber eines luxuriösen Gasthauses gleich nebenan dar.

Doch dann kam jene verstörende Autofahrt. Wir hatten West Egg Village noch nicht erreicht, als Gatsby begann, seine geschliffenen Sätze unvollendet zu lassen und sich unschlüssig auf das Knie seines karamellfarbenen Anzugs zu klopfen.

»Sagen Sie mal, alter Knabe«, begann er überraschend, »was halten Sie eigentlich von mir?«

Ein wenig überrumpelt, begann ich in jenen ausweichenden Floskeln zu antworten, die diese Frage verdient.

»Okay, ich erzähle Ihnen jetzt etwas aus meinem Leben«, unterbrach er. »Ich möchte nicht, dass Sie wegen all der Geschichten, die Sie über mich hören, einen falschen Eindruck bekommen.«

Er war sich also im Klaren über die abstrusen Spekulationen, die den Gesprächen in seinen Salons Würze gaben.

»Ich sage Ihnen die heilige Wahrheit.« Seine rechte Hand schien plötzlich göttlichen Beistand herbeizuwinken. »Ich bin der Sohn wohlhabender Leute aus dem Mittleren Westen – die heute allesamt tot sind. Ich bin in Amerika aufgewachsen, aber in Oxford ausgebildet, ebenso wie alle meine Vorfahren. Es ist Familientradition.«

Er sah mich von der Seite an – und ich begriff, warum Jordan Baker überzeugt war er würde lügen. Er überstürzte die Worte wie »in Oxford ausgebildet«, verschluckte sie fast oder würgte an ihnen, als hätten sie ihn lange gequält. Und mit dieser Unsicherheit brach seine ganze Geschichte zusammen, und ich fragte mich, ob am Ende nicht doch etwas Zwielichtiges um ihn war.

»Welcher Teil des Westens?«, erkundigte ich mich beiläufig.

»San Francisco.«

»Aha.«

»Als meine Verwandten gestorben waren, bin ich zu einer hübschen Summe Geld gekommen.«

Sein Ton war ernst, als würde ihn die Erinnerung an dieses jähe Aussterben eines ganzen Clans verfolgen. Für einen Moment dachte ich, er wolle mich veralbern, doch ein flüchtiger Blick auf ihn belehrte mich eines Besseren.

»Danach lebte ich wie ein junger Radja in allen Metropolen Europas – Paris, Venedig, Rom –, sammelte Edelsteine, vorzugsweise Rubine, ging auf Großwildjagd, malte ein bisschen, alles zu meiner eigenen Befriedigung, und versuchte, etwas sehr Trauriges zu vergessen, das mir vor langer Zeit widerfahren war.«

Mit einiger Anstrengung unterdrückte ich ein ungläubiges Lachen. Diese Formulierungen kamen so abgedroschen daher, dass sie nichts anderes als das Bild eines Turban tragenden Schauspielers heraufbeschworen, dem das

Sägemehl aus jeder Pore rann, während er einen Tiger durch den Bois de Boulogne jagte.

»Dann kam der Krieg, alter Knabe. Das war eine große Erleichterung für mich, und ich strengte mich an zu sterben, aber ich schien einen Schutzschild mit mir herumzutragen. Als er begann, hatte ich eine Ernennung zum Oberleutnant angenommen. Im Wald von Argonne stieß ich mit meinem Maschinengewehr-Bataillon so weit vor, dass wir an beiden Flanken einen Abstand von einer halben Meile gewannen, so dass die Infanterie uns nicht folgen konnte. Wir harrten dort zwei Tage und zwei Nächte aus, einhundertdreißig Männer mit sechzehn leichten Maschinengewehren, und als die Infanterie uns schließlich erreichte, fand sie die Standarten dreier deutscher Divisionen unter dem Meer von Toten. Ich wurde zum Major ernannt, und jede einzelne Alliierte Regierung verlieh mir einen Orden – selbst Montenegro, das kleine Montenegro, unten an der Adria!«

Das kleine Montenegro! Er betonte die Worte und nickte darüber mit seinem Lächeln. Das Lächeln umfasste Montenegros sorgenvolle Geschichte und sympathisierte mit den tapferen Kämpfen des montenegrinischen Volkes. Das Lächeln würdigte ganz und gar die Kette nationaler Schicksale, Opfer, die dem warmem kleinen Herzen Montenegros abverlangt wurden. Faszination überlagerte jetzt meine Skepsis; es war, als würde ich hastig ein Dutzend Zeitschriften quer lesen.

Er langte in seine Tasche und ein Stück Metall, an einem Band befestigt, landete in meiner Handfläche.

»Das ist der aus Montenegro.«

Zu meinem Erstaunen sah das Ding echt aus.

»Orderi di Danilo«, lautete die am Rand umlaufende Inschrift, »Montenegro, Nicolas Rex.«

»Drehen Sie ihn um.«

»Major Jay Gatsby«, las ich. »Für hervorragende Tapferkeit.«

»Hier noch etwas, das ich immer bei mir habe. Ein Andenken aus Oxford. Es wurde im Trinity College aufgenommen – der Mann links von mir ist der heutige Earl of Doncaster.«

Auf dem Foto war ein halbes Dutzend junger Männer in Blazern zu sehen, die lässig in einer Arkade herumstanden, hinter der man eine Unmenge spitzer Türme erkennen konnte. Und da war Gatsby, ein wenig jünger als die anderen wirkend, wenn auch nicht viel – mit einem Kricketschläger in der Hand.

Dann war also alles wahr. Ich konnte nun die flammenden Tigerfelle in seinem Palazzo am Canale Grande vor mir sehen; sah ihn eine Truhe voller Rubine öffnen, die mit karmesinrot leuchtender Tiefe den nagenden Schmerz eines gebrochenen Herzens linderten.

»Ich werde Sie heute um einen großen Gefallen bitten«, sagte er und schob seine Andenken zufrieden zurück in die Tasche, »darum, dachte ich, sollten Sie einige Dinge über mich wissen. Mir liegt daran, dass Sie nicht denken, ich wäre bloß irgendwer. Sehen Sie, ich halte mich die meiste Zeit unter Fremden auf, treibe hierhin und dorthin, und versuche die traurige Geschichte zu vergessen, die mir passiert ist.« Er zögerte. »Heute Nachmittag erfahren Sie mehr darüber.«

»Beim Mittagessen?«

»Nein, heute Nachmittag. Ich weiß zufällig, dass Sie mit Miss Baker zum Tee verabredet sind.«

»Wollen Sie etwa sagen, Sie sind in Miss Baker verliebt?«

»Nein, alter Junge, bin ich nicht. Aber Miss Baker hat freundlicherweise zugestimmt, mit Ihnen über diese Angelegenheit zu sprechen.«

Ich hatte nicht die Spur einer Ahnung, was diese »Angelegenheit« sein sollte, doch ich war eher verärgert als interessiert. Ich hatte Jordan nicht zum Tee gebeten, um über Mr. Jay Gatsby zu reden. Ich war mir sicher, der Gefallen würde etwas komplett Aberwitziges sein, und einen Moment lang bedauerte ich, meinen Fuß je auf seinen übervölkerten Rasen gesetzt zu haben.

Er sagte kein weiteres Wort. Seine Förmlichkeit kam langsam zurück, während wir uns der Stadt näherten. Wir passierten Port Roosevelt, wo man rot gegürtete Hochseeschiffe erspähen konnte, und düsten durch ein holpriges Armenviertel, vorüber an düsteren, noch immer gut gefüllten Kneipen des goldenen, verblichenen neunzehnten Jahrhunderts. Dann öffnete sich vor uns zu beiden Seiten jenes Aschetal, und im Vorbeifahren konnte ich einen flüchtigen Blick auf Mrs. Wilson werfen, die sich mit angestrengt keuchender Vitalität an der Zapfsäule abmühte.

Mit Kotflügeln breit wie Schwingen streuten wir Licht durch Astoria – nur bis zur Hälfte allerdings, denn als wir uns zwischen den Stützpfeilern der Hochbahn hindurch schlängelten, hörte ich das vertraute ›Tuck-Tuck-Paff‹ eines Motorrads, und schon war ein tobender Polizist an unserer Seite.

»Schon gut, alter Knabe!«, rief Gatsby. Wir hielten an. Er holte eine weiße Karte aus seiner Brieftasche und wedelte damit vor der Nase des Mannes herum.

»Alles klar, in Ordnung«, lenkte der Polizist ein und tippte sich an die Mütze. »Nächstes Mal weiß ich Bescheid, Mr. Gatsby. *Mein* Fehler!«

»Was war das denn?«, fragte ich. »Das Foto aus Oxford?«

»Ich konnte dem Polizeichef mal einen Gefallen tun, und er schickt mir jetzt jedes Jahr eine Weihnachtskarte.«

Dann ging's weiter über die große Brücke, wo das durch die Pfeiler fallende Sonnenlicht unablässig flackernd auf die fahrenden Autos trifft, und wo auf der anderen Seite des Flusses die Stadt wie ein weißer Haufen, wie Stücke von Zucker aufragt, alles gebaut auf der ›Geld-stinkt-nicht‹-Illusion. Wenn man von der Queensboro Bridge auf die Stadt blickt, kommt es einem immer wieder vor, als wäre es das erste Mal – mit diesem ersten wilden Versprechen aller Mysterien und Schönheiten der Welt.

Der blumenüberhäufte Leichenwagen mit einem Toten überholte uns, gefolgt von zwei Wagen mit verhängten Fenstern und einigen etwas heitereren Automobilen seiner Freunde. Die schauten mit tragischen Augen und den schmalen Oberlippen Südosteuropas zu uns herüber, und es freute mich, dass der Anblick von Gatsbys herrlichem Auto ihren düsteren Feiertag aufhellte. Als wir Blackwell's Island überquerten, glitt eine Limousine mit einem weißen Chauffeur an uns vorbei, in der drei modisch gekleidete Schwarze saßen, zwei junge Böcke und ein Mädchen. Ich musste laut lachen, als sie in stolzer Rivalität das Eigelb ihrer Augäpfel in unsere Richtung rollten.

»Jetzt, auf der anderen Seite der Brücke, ist alles möglich«, dachte ich, »absolut alles ...«

Sogar ein Gatsby war ›möglich‹, ohne irgendein besonderes Wunder.

Brüllende Mittagshitze. In einem gut belüfteten Kellerlokal in der zweiundvierzigsten Straße traf ich Gatsby zum Mittagessen. Die blendende Helligkeit, die von der Straße herein drang wegblinzelnd, machte ich ihn undeutlich im Vorraum aus, wo er mit einem anderen Mann im Gespräch war.

»Mr. Carraway, das ist mein Freund Mr. Wolfsheim.«

Ein kleiner, flachnasiger Jude reckte seinen großen Kopf und betrachtete mich, während er mir zwei ansehnliche Haarbüschel, die ihm üppig aus beiden Nasenlöchern sprossen, entgegen reckte. Erst danach entdeckte ich im Halbdunkel seine winzigen Augen.

»... Ich hab ihn mir also angesehn«, sagte Mr. Wolfsheim, indem er mir ernst die Hand schüttelte, »und was denkst du, hab ich dann gemacht?«

»Was?«, erkundigte ich mich höflich.

Aber wie es schien sprach er nicht mit mir, denn er ließ meine Hand los und schaute Gatsby fragend an, seine ausdrucksstarke Nase streckend.

»Ich hab Katspaugh das Geld gegeben und ich sogte: ›Also gut, Katspaugh, du zahlst ihm nicht eenen Penny, bis er die Klappe hält.‹ Sofort war die Klappe zu.«

Gatsby nahm uns beide am Arm und führte uns ins Restaurant, worauf Mr. Wolfsheim einen neu begonnenen Satz hinunterschluckte und in schlafwandlerische Geistesabwesenheit verfiel.

»Highballs?«, fragte der Oberkellner.

»Das ist ein nettes Restaurant«, sagte Mr. Wolfsheim und betrachtete die presbyterianischen Nymphen an der Decke. »Aber das auf der anderen Straßenseite find ich noch besser.«

»Ja, Highballs«, sagte Gatsby, und dann zu Mr. Wolfsheim gewendet: »Da drüben ist es zu heiß.«

»Heiß und eng – ja«, sagte Mr. Wolfsheim, »aber voller Erinnerungen.«

»Welches Lokal ist dort?«, fragte ich.

»Das alte Metropole.«

»Das alte Metropole«, sinnierte Mr. Wolfsheim düster. »Voller Gesichter, tot und verschwunden jetzt. Voll mit Freunden, für immer gegangen. Mein Lebtag werd ich die Nacht nicht vergessen, in der sie driben Rosy Rosenthal erschossen haben. Wir waren zu sechst an einem Tisch, und Rosy hatte den ganzen Abend eine Menge gegessen und getrunken. Als es beinahe Morgen war, kam der Kellner mit ’nem komischen Blick daher, und sogte, draußen will eener mit ihm reden. ›Na gut‹, sogt Rosy und möcht aufstehn, und ich zieh ihn wieder runter auf seinen Stuhl.

›Lass die Bastarde hereinkommen, wenn sie was wollen, Rosy, aber geh um Himmels willen net aus dem Raum.‹

Da war es schon vier Uhr frieh, und wenn wir die Jalousien hochgezogen hätten, hätten wir gesehen, dass es schon hell war.«

»Ist er gegangen?«, fragte ich naiv.

»Klar ist er gegangen.« Mr. Wolfsheims Nase leuchtete mich empört an. – »In der Tür hot er sich umgedreht und gsogt: ›Passt auf, dass der Kellner meinen Kaffee nich abräumt!‹ Dann ist er raus auf den Gehsteig, und sie haben ihm dreimal in seinen vollgegessenen Bauch geschossen und sind weggefahren.«

»Vier von ihnen landeten auf dem elektrischen Stuhl«, erinnerte ich mich jetzt.

»Fünf, mit Becker.« Seine Nasenlöcher wandten sich mir interessiert zu. »Ich höre, Sie sind auf der Suche nach Geschäftsgondagden.«

Das unmittelbare Aufeinanderfolge dieser beiden Bemerkungen war irritierend. Gatsby antwortete für mich:

»Oh, nein«, rief er, »das ist ein anderer!«

»Nein?« Mr. Wolfsheim wirkte enttäuscht.

»Das ist nur ein Freund. Ich sagte ja, wir reden ein andermal darüber.«

»Entschuldigen Sie«, sagte Mr. Wolfsheim, »ich hab sie verwechselt.«

Ein saftiges Haschee wurde serviert, und Mr. Wolfsheim, die sentimentale Atmosphäre des alten Metropole aus dem Sinn verlierend, begann wild genüsslich zu essen. Seine Blick ließ er derweil sehr langsam durch den Raum streifen – er beendete den Rundgang, indem er sich umwandte, und die Leute unmittelbar hinter sich musterte. Wahrscheinlich hätte er, wäre ich nicht da gewesen, sogar noch kurz unter unseren Tisch geäugt.

»Hören Sie, alter Knabe«, sagte Gatsby und lehnte sich zu mir herüber, »ich fürchte, ich habe Sie heute Morgen im Auto ein wenig brüskiert.«

Da war das Lächeln wieder, doch diesmal hielt ich ihm stand.

»Ich mag keine Geheimnisse«, antwortete ich, »und ich versteh' nicht recht, weshalb Sie mir nicht einfach freiheraus sagen, um was es geht. Warum brauchen wir dazu Miss Baker?«

»Oh, es ist nichts Halbseidenes«, versicherte er mir. »Miss Baker ist eine große Sportlerin, wie Sie wissen, und sie würde niemals etwas Zwielichtiges tun.«

Plötzlich schaute er auf die Uhr, sprang auf, eilte aus dem Raum, und ließ mich mit Mr. Wolfsheim am Tisch.

»Er muss telefonieren«, sagte Mr. Wolfsheim und folgte ihm mit den Augen. »Feiner Kerl, was? Gutaussehend und ein echter Gentleman.«

»Ja.«

»Er ist ein Oggsford-Junge.«

»Oh!«

»Hat das Oggsford College in Englands absolviert. Sie kennen das Oggsford College?«

»Ich hab' davon gehört.«

»Ist eine der berühmtesten Hochschulen der Welt.«

»Kennen Sie Gatsby schon lange?«, forschte ich.

»Ein paar Jahre«, antwortete er mit einigem Stolz. »Gleich nach dem Krieg hatte ich das Vergnügen, seine Bekanntschaft zu machen. Mir war sofort klar, dass ich einen Mann mit exzellenten Manieren vor mir hatte, nachdem wir uns eine Stunde lang unterhalten hatten. Ich sagte mir: ›Das ist so ein Kerl, den du gern mit nach Hause nimmst und deiner Mutter und deiner Schwester vorstellst.‹« Er machte eine Pause. »Wie ich sehe, betrachten Sie meene Manschettenknöpfe.«

Ich hatte nicht darauf geschaut, aber jetzt tat ich es. Sie bestanden aus eigenartig vertraut wirkenden Elfenbeinstücken.

»Allerfeinste Exemplare menschlicher Backenzähne«, klärte er mich auf.

»Ach!« Ich sah sie mir genauer an. »Eine sehr interessante Idee.«

»Gell.« Er zog seine Hemdsärmel unter dem Mantel hoch. »Gell, Gatsby ist ziemlich korrekt, was Frauen angeht. Er würde niemals die Frau eines Freundes anschauen.«

Als das Objekt solch tiefsitzenden Vertrauens zurück an den Tisch kam und sich setzte, schluckte Mr. Wolfsheim seinen Kaffee in einem Zug und erhob sich.

»Ich habe das Essen sehr genossen«, sagte er, »und jetzt lasse ich euch zwei junge Männer mal flott alleine, bevor ihr meiner überdrüssig werdet.«

»Nur keine Eile, Meyer«, sagte Gatsby ohne besonderen Nachdruck. Mr. Wolfsheim hob seine Hand zu einer Art Segnung.

»Das ist sehr höflich, aber ich gehöre zu einer anderen Generation«, verkündete er feierlich. »Ihr bleibt schön hier sitzen und redet über Sport, eure jungen Damen und euer ...« Mit einem neuerlichen Wink seiner Hand ergänzte er in Gedanken ein Wort. »Ich dagegen bin fünfzig Jahre alt, und ich will mich euch nicht länger aufdrängen.«

Als er uns die Hände schüttelte und sich abwandte, zitterte seine tragische Nase. Ich fragte mich, ob ich etwas gesagt hatte, das ihn gekränkt haben könnte.

»Er wird manchmal ganz schön sentimental«, erklärte Gatsby. »Heute ist einer seiner sentimentalen Tage. Er ist ein echtes New Yorker Original – Stammgast am Broadway.«

»Was macht er überhaupt, ist er Schauspieler?«

»Nein.«

»Zahnarzt?«

»Meyer Wolfsheim? Nein, er ist ein Spieler.« Gatsby zögerte, dann ergänzte er lässig: »Er ist der Mann, der Neunzehnneunzehn die World's Series zurechtgebogen hat.«

»Die World's Series zurechtgebogen?«, wiederholte ich.

Der Gedanke machte mich sprachlos. Natürlich erinnerte ich mich daran, dass die World's Series 1919 korrumpiert worden war, aber wenn ich je darüber nachgegrübelt hätte, hätte ich vermutlich angenommen, dass die Sache einfach *passiert* war, als Konsequenz einer Reihe unglücklicher Umstände. Ich hätte mir nie denken können, dass ein einzelner Mensch mit dem Vertrauen von fünfzig Millionen Leuten spielen würde – mit der Zielstrebigkeit eines Einbrechers, der einen Safe knackt.

»Wieso hat er das getan?«, fragte ich nach einer Weile.

»Er sah einfach die Gelegenheit.«

»Warum sitzt er nicht im Gefängnis?«

»Sie kriegen ihn nicht, alter Knabe. Er ist ein cleverer Kerl.«

Ich bestand darauf, die Rechnung zu übernehmen. Als der Kellner mein Wechselgeld brachte, entdeckte ich Tom Buchanan auf der anderen Seite des überfüllten Gastraums.

»Begleiten Sie mich kurz«, sagte ich, »ich möchte jemandem Guten Tag sagen.«

Als Tom uns sah, sprang er auf und ging ein paar Schritte in unsere Richtung.

»Wo steckst du denn immer?«, fragte er eifrig. »Daisy ist außer sich, weil du dich nicht blicken lässt.«

»Das ist Mr. Gatsby – Mr. Buchanan.«

Sie gaben sich kurz die Hand, und ein ungewöhnlich angespannter Ausdruck von Peinlichkeit schlich über Gatsbys Gesicht.

»Wie geht's dir denn so?«, wollte Tom wissen. »Wie kommt's dass du zum Essen bis in die Stadt fährst?«

»Ich hab' mit Mr. Gatsby zu Mittag gegessen.«

Ich drehte mich nach Gatsby um, doch er war nicht mehr da.

Eines Tages im Oktober Neunzehnsiebzehn —— (sagte Jordan Baker später am Nachmittag, während sie sehr aufrecht auf einem aufrechten Stuhl im Teegarten des Plaza Hotels saß) —— war ich auf dem Weg irgendwohin, lief halb auf dem Gehweg und halb auf dem Rasen. Ich bevorzugte den Rasen, weil ich Schuhe aus England mit Gumminoppen an den Sohlen trug, die sich in den weichen Boden gruben. Ich hatte einen neuen karierten Rock an, der sich im Wind ein wenig aufblähte, und wann immer das passierte, strafften sich die rotweiß-blauen Fahnen vor den Häusern und surrten missbilligend *tss-tss-tss-tss*.

Die größte Fahne und der größte Rasen gehörten zu Daisy Fays Haus. Sie war gerade achtzehn, zwei Jahre älter als ich und das bei Weitem beliebteste Mädchen in Louisville. Sie kleidete sich in Weiß und hatte einen kleinen weißen Roadster, und den ganzen Tag über läutete in ihrem Haus das Telefon, und aufgeregte junge Offiziere vom Camp Taylor klagten das Vorrecht ein, sie an diesem Abend ganz für sich allein zu haben. »Und wenn' nur für eine Stunde ist!«

Als ich an jenem Morgen an ihrem Haus vorbeikam, stand ihr weißer Roadster am Randstein, und sie saß mit einem Leutnant darin, den ich noch nie gesehen hatte. Die beiden waren so ineinander vertieft, dass Daisy mich erst bemerkte, als ich auf fünf Fuß heran war.

»Hallo Jordan!«, rief sie unerwartet. »Komm doch mal her, bitte.«

Ich war geschmeichelt, dass sie mit mir sprechen wollte, denn von allen älteren Mädchen war sie diejenige, die ich am meisten bewunderte. Sie fragte mich, ob ich auf dem Weg zum Roten Kreuz sei, um Verbände zu üben. War ich. Okay, also, könnte ich Ihnen wohl ausrichten, dass sie heute nicht kommen kann? Während Daisy sprach, schaute sie der Offizier in einer Weise an, wie jedes junge Mädchen manchmal angeschaut werden möchte, und weil die Szene mir so romantisch vorkam, habe ich sie nie vergessen. Sein Name war Jay Gatsby, und ich habe ihn dann über vier Jahre lang nicht wieder gesehen – sogar nachdem ich ihm auf Long Island begegnet war, merkte ich nicht, dass es derselbe Mann war.

Das geschah Neunzehnhundertsiebzehn. Im Jahr darauf hatte ich selbst ein paar Kavaliere und ich begann, auf Turnieren zu spielen, und so sah ich Daisy nur selten. Sie war mit einer etwas älteren Clique unterwegs – wenn sie überhaupt mit jemandem unterwegs war. Es gab wilde Gerüchte über sie – etwa, dass ihre Mutter sie in einer Winternacht dabei ertappt hatte, wie sie ihre Tasche packte, um nach New York zu fahren und einem Soldaten, der nach Übersee aufbrach Lebwohl zu sagen. Man hinderte sie zwar erfolgreich daran, aber sie sprach mehrere Wochen lang kein Wort mehr mit ihrer Familie. Danach flirtete sie nie wieder mit einem Soldaten, sondern bloß noch mit ein paar plattfüßigen, kurzsichtigen jungen Kerlen aus der Stadt, die man ganz bestimmt nicht in die US Army aufgenommen hätte.

Im folgenden Herbst war sie dann wieder fröhlich, so beschwingt wie eh und je. Nach dem Waffenstillstand wurde sie in die Gesellschaft eingeführt, und im Februar verlobte sie sich, soweit man wusste, mit einem Mann aus New Orleans. Im Juni heiratete sie Tom Buchanan aus Chicago, mit mehr Pomp und Getöse, als man je in Louisville gesehen hatte. Er kam mit hundert Leuten in vier privaten Eisenbahnwagen herüber und mietete eine komplette Etage im Seelbach Hotel, und am Tag vor der Hochzeit gab er ihr eine Perlenkette im Wert von dreihundertfünfzigtausend Dollar.

Ich war Brautjungfer. Eine halbe Stunde vor dem Hochzeitsdinner ging ich in ihr Zimmer und fand sie, schön wie eine Juninacht, in ihrem geblümten Kleid auf dem Bett liegend – sturzbetrunken. In der einen Hand hielt sie eine Flasche Sauterne, in der anderen einen Brief.

»Kanns mir gratuliern«, nuschele sie. »Hab noch nie was getrunkn, aber oje, ich find's fabelhaft.«

»Was ist los, Daisy?«

Ich hatte Angst, sage ich Ihnen; nie zuvor hatte ich ein Mädchen in so einem Zustand gesehen.

»Hier, Süße.« Sie wühlte in einem Papierkorb, den sie bei sich auf dem Bett hatte, und zog die Perlenkette heraus. »Nimm's mit nach untn und gib's zurück, wem auch immer 's g'hört. Sag alln, Daisy hat sich's anners überlegt. Sag: ›Daisy hat sich's anners überlegt!‹«

Sie fing an zu weinen – sie heulte und heulte. Ich eilte hinaus, fand das Dienstmädchen ihrer Mutter, und wir schlossen die Tür ab und steckten sie in ein kaltes Bad. Sie wollte den Brief nicht loslassen. Sie nahm ihn mit in die Wanne, quetschte ihn zu einer nassen Kugel und ließ mich ihn erst in die Seifenschale legen, als sie sah, dass er zerbröselte wie Schnee.

Aber sie hat kein Wort mehr gesagt. Wir gaben ihr Salmiakgeist, legten ihr einen Eisbeutel auf die Stirn und steckten sie zurück ins Kleid, und eine halbe Stunde später, als wir wieder aus den Zimmer gingen, trug sie die Perlen um den Hals und die Episode war vergessen. Am nächsten Tag um fünf Uhr heiratete sie Tom Buchanan, ohne auch nur mit der Wimper zu zucken, und machte sich mit ihm auf eine dreimonatige Südseereise.

Als sie zurück waren, traf ich die beiden in Santa Barbara, und ich dachte, ich habe wohl nie zuvor ein Mädchen gesehen, das so verrückt nach ihrem Mann war wie sie. Wenn er nur für eine Minute aus dem Raum ging, drehte sie sich schon unbehaglich um und fragte: »Wo ist Tom hin?«, und war völlig neben sich, bis sie ihn wieder zur Tür hereinkommen sah. Am Strand saß sie im Sand, mit seinem Kopf im Schoß, strich ihre Finger über seine Augen und betrachtete ihn mit unergründlicher Wonne. Es war berührend, die beiden so zusammen zu sehen – es rang einem ein heimliches, bewunderndes Lächeln ab. Das war im August. Eine Woche nachdem ich Santa Barbara verlassen hatte, rammte Tom nachts auf der Ventura Road einen Lieferwagen und zerfledderte dabei eins seiner Vorderräder. Über das Mädchen, das bei ihm war, konnte man ebenfalls in der Zeitung lesen, weil sie sich den Arm gebrochen hatte – es war eins der Zimmermädchen aus dem Santa Barbara Hotel.

Im April des folgenden Jahres bekam Daisy ihre kleine Tochter, und sie gingen für ein Jahr nach Frankreich. Im Frühling traf ich sie in Cannes und später in Deauville, und dann kamen sie zurück nach Chicago und ließen sich nieder. Daisy war beliebt in Chicago, du weißt ja. Sie waren immer mit einer schnelllebigen Clique zusammen, allesamt jung und reich und wild, und trotzdem bekam ihr Ruf nicht den geringsten Kratzer. Vielleicht weil sie nichts trinkt. Es ist ein großer Vorteil, unter hartgesottenen Trinkern nichts zu trinken. Du hast deine Zunge im Zaum, besser noch, du kannst dich mit den eigenen kleinen Fehltritten so lange zurückhalten, bis alle anderen dermaßen benebelt sind, dass sie es entweder nicht bemerken oder es ihnen egal ist. Vielleicht war Daisy nie auf der Suche nach einer Affäre – und doch spürte man so etwas Gewisses in ihrer Stimme ...

Also, vor ungefähr sechs Wochen hörte sie dann den Namen Gatsby zum ersten Mal nach Jahren wieder. Es war – erinnerst du dich? –, als ich dich fragte, ob du in West Egg einen Gatsby kennst. Nachdem du gegangen warst, kam sie zu mir aufs Zimmer, weckte mich und fragte: »Was für ein Gatsby?«, und als ich ihn ihr – noch halb schlafend – beschrieb, sagte sie mit ganz eigenartiger Stimme, das müsse derselbe Mann sein, mit dem sie früher zusammen war. Erst in diesem Moment wurde mir klar, dass dieser Gatsby der Offizier sein musste, den ich in ihrem weißen Auto gesehen hatte.

Eine halbe Stunde, nachdem wir das Plaza verlassen hatte und gerade in einer Victoria-Kutsche durch den Central Park fuhren, beendete Jordan Baker ihre Geschichte. Die Sonne war hinter den hohen Apartmenthäusern der Filmstars in den westlichen Fünfzigerstraßen versunken, und die klaren Stimmen von kleinen Mädchen, die sich wie Grillen auf dem Gras versammelt hatten, stiegen durch das warme Dämmerlicht auf:

»I'm the Sheik of Araby.
Your love belongs to me.
At night when you're asleep
Into your tent I'll creep ...«

»Was für ein merkwürdiger Zufall«, sagte ich.

»Aber es war ja gar kein Zufall.«

»Wieso nicht?«

»Gatsby hat dieses Haus gekauft, damit er Daisy gleich auf der anderen Seite der Bucht hat.«

Es waren also nicht nur die Sterne gewesen, die ihn in jener Juninacht angezogen hatte. Jetzt wurde er lebendig für mich, entbunden aus dem Schoß seiner zwecklosen Abgehobenheit.

»Er möchte wissen«, fuhr Jordan fort, »ob du Daisy einmal nachmittags zu dir nach Hause einladen könntest und ihn dann herüberkommen lässt.«

Die Bescheidenheit dieser Bitte schockierte mich. Er hatte fünf Jahre lang gewartet und ein Anwesen gekauft, wo er Sternenlicht über flüchtigen Nachtfaltern vergoss – nur um einmal nachmittags in den Garten eines Fremden »herüberkommen« zu können.

»Musste ich erst all das erfahren, bevor er mich um so eine Kleinigkeit bitten konnte?«

»Er hat Angst; er hat so lange gewartet. Er fürchtete, du könntest beleidigt sein. Schau, im Grunde ist er einfach nur ein zäher Bursche wie viele.«

Irgendetwas kam mir merkwürdig vor.

»Warum hat er nicht dich gebeten, ein Treffen zu arrangieren?«

»Er will, dass sie sein Haus sieht«, erklärte sie. »Und deins ist gleich nebenan.«

»Oh!«

»Ich glaube, er hat darauf gehofft, dass sie einfach eines Nachts auf einer seiner Partys auftauchen würde«, fuhr Jordan fort, »aber das tat sie nicht. Dann begann er, Leute beiläufig zu fragen, ob sie sie kannten, und ich war die Erste, bei der er Glück hatte. Das war an jenem Abend, als er bei seiner Party nach mir schickte, und du hättest mal hören sollen, wie kompliziert durchdacht er mit der Sache herausrückte. Natürlich schlug ich sofort ein Mittagessen in New York vor – daraufhin schien es, als würde er durchdrehen:

»Ich will sie nicht an *irgendeinem* Platz treffen!«, sagte er immer wieder. ›Ich will sie gleich hier nebenan sehen.‹

Als ich ihm sagte, du wärst ein guter Freund von Tom, wollte er die ganze Sache schon aufgeben. Er weiß nicht besonders viel über Tom, obwohl er angeblich jahrelang eine Chicagoer Zeitung gelesen hat, nur um darin vielleicht einmal auf Daisys Namen zu stoßen.«

Es war nun dunkel, und als wir unter einer kleinen Brücke hindurch tauchten, legte ich meinen Arm um Jordans goldene Schulter, zog sie zu mir heran und schlug ein Dinner vor. Plötzlich dachte ich nicht mehr an Daisy und Gatsby, sondern an die unbescholtene, selbstbewusste, zielstrebige junge Frau an meiner Seite, die allen Dingen mit Vorsicht begegnete, und die sich nun unbekümmert in meine Armbeuge lehnte. Ein Satz klang pulsierend in meinen Ohren, mit fast berauschender Klarheit: »Es gibt nur die Gejagten, die Jäger, die Tätigen und die Müden.«

»Und Daisy sollte doch auch etwas von ihrem Leben haben«, raunte Jordan mir zu.

»Möchte sie Gatsby treffen?«

»Sie weiß ja nichts davon. Gatsby möchte nicht, dass sie es weiß. Du sollst sie einfach nur zum Tee einladen.«

Wir fuhren an einer Wand dunkler Bäume vorbei, und dann leuchteten die Fassaden der Neunundfünfzigsten Straße, eine Masse aus zartem, sanftem Licht, in den Park hinab. Anders als Gatsby und Tom Buchanan hatte ich kein Mädchen, dessen Gesicht geisterhaft an den dunklen Gesimsen und gleißenden Reklamen entlang schwebte, und so hielt ich mich an das Mädchen neben mir, und schloss sie fester in die Arme. Ihr bleicher, sarkastischer Mund lächelte, und so zog ich sie noch näher heran, dieses Mal zu meinem Gesicht.

Kapitel 5

ALS ICH IN JENER NACHT nach West Egg zurückkam, fürchtete ich für einen Moment, mein Haus stehe in Flammen. Es war zwei Uhr morgens, eine ganze Ecke der Halbinsel war hell erleuchtet, und das Licht fiel unwirklich auf Büsche und Sträucher und sprenkelte in dünn glitzernden Streifen die Telegrafendrähte am Straßenrand. Um eine Ecke biegend sah ich, dass es Gatsbys Haus war, das hell erleuchtet vom Turm bis zum Keller strahlte.

Zuerst dachte ich, es sei wieder mal eine Party im Gange, eine ausgelassene Abendgesellschaft, und die Leute wären auf die Idee gekommen, Verstecken zu spielen, oder ein Spiel, das man ›Sardinenbüchse‹ nennt, und dass sie das gesamte Haus zum Spielplatz erklärt hätten. Doch es war kein Laut zu hören. Es gab nur Wind in den Bäumen, der die elektrischen Drähte zum Schwanken brachte und so die Lichter aus- und wieder angehen ließ, als hätte das Haus in die Dunkelheit geblinzelt. Als mein Taxi davon brummelte, sah ich Gatsby über seinen Rasen auf mich zukommen.

»Bei Ihnen sieht es aus wie auf der Weltausstellung«, sagte ich.

»Tatsächlich?« Er schaute abwesend zum Haus. »Ich habe nur kurz ein paar Zimmer inspiziert. Lassen Sie uns nach Coney Island fahren, alter Knabe. Mit meinem Auto.«

»Es ist zu spät.«

»Gut, wie wär's dann mit einem Sprung in den Pool? Ich habe ihn den ganzen Sommer nicht benutzt.«

»Ich muss ins Bett.«

»Na schön.«

Er wartete und schaute mich mit mühsam unterdrückter Neugier an.

»Ich habe mit Miss Baker gesprochen«, sagte ich nach einem Moment. »Ich werde Daisy morgen anrufen und sie herüber zum Tee einladen.«

»Oh, schon in Ordnung«, sagte er leichthin. »Ich möchte Ihnen keine Umstände machen.«

»Welcher Tag würde Ihnen passen?«

»Welcher Tag würde *Ihnen* denn passen?«, fragte er rasch zurück. »Wissen Sie, ich möchte Ihnen keine Umstände machen.«

»Wie wär's mit übermorgen?«

Er überlegte einen Augenblick. Dann, etwas widerstrebend:

»Ich möchte noch den Rasen mähen lassen«, sagte er.

Wir schauten beide hinunter auf das Gras – eine scharfe Trennlinie verlief dort, wo mein verwildertes Stückchen Wiese endete und die satte, gepflegte Grünfläche seines Grundstücks begann. Mir kam der Verdacht, dass er *meinen* Rasen meinte.

»Da ist noch eine Kleinigkeit«, sagte er unsicher und zögernd.

»Möchten Sie es lieber um ein paar Tage verschieben?«, fragte ich.

»Oh, das ist nicht der Punkt. Zumindest ...« Er begann ein paarmal und es dauerte eine Weile, bis er den Satz richtig herausbrachte. »Also, ich dachte ... also, schauen Sie, alter Knabe, Sie verdienen nicht sonderlich viel, oder?«

»Nicht sonderlich.«

Das schien ihm entgegenzukommen, und er sprach etwas zuversichtlicher weiter.

»Das dachte ich mir schon ... wenn Sie es mir nachsehen, dass ich ... wissen Sie, ich betreibe noch ein kleines Geschäft nebenher, eine Art Zweites Standbein sozusagen. Und ich dachte mir, da Sie ja nicht sonderlich viel ... Sie verkaufen doch Aktien, nicht wahr, alter Knabe?«

»Ich versuch's.«

»Nun, dann könnte die Sache Sie interessieren. Es würde Sie nicht viel Zeit kosten und Sie könnten ein nettes Sümmchen machen. Es ist eine ziemlich vertrauliche Angelegenheit.«

Heute ist mir klar, dass dieses Gespräch, unter anderen Vorzeichen geführt, ein Wendepunkt meines Lebens hätte sein können. Aber weil das Angebot ganz offensichtlich und taktlos die Gegenleistung für eine Gefälligkeit sein sollte, hatte ich keine andere Wahl, als ihn in diesem Moment zu unterbrechen.

»Ich bin total eingespannt«, sagte ich. »Ihr Angebot ehrt mich, aber ich kann keine zusätzliche Arbeit annehmen.«

»Dieses Geschäft hat nichts mit Wolfsheim zu tun.« Es war offensichtlich, dass er dachte, ich schreckte vor den beim Mittagessen erwähnten »Gondagden« zurück, aber ich versicherte ihm, dass das nicht stimmte. Er wartete noch einen Moment, in der Hoffnung, ich würde noch eine Unterhaltung beginnen, aber ich war zu sehr in Gedanken, um mich darauf einzulassen, und so ging er widerwillig nach Hause.

Der Abend hatte mich benebelt und glücklich gemacht; ich glaube, ich fiel schon in dem Moment, als ich durch meine Haustür trat, in Tiefschlaf. Daher weiß ich nicht, ob Gatsby tatsächlich nach Coney Island hinüber gefahren war oder wie viele Stunden lang er noch »kurz in die Zimmer hineinschaute«, während sein Haus weiter in die Nacht strahlte. Ich rief Daisy am nächsten Morgen vom Büro aus an und lud sie zum Tee ein.

»Komm ohne Tom«, mahnte ich.

»Was?«

»Komm ohne Tom.«

»›Tom‹, wer soll das sein?«, fragte sie unschuldig.

Am vereinbarten Tag regnete es in Strömen. Um elf Uhr klopfte ein Mann im Regenmantel, der einen Rasenmäher hinter sich herzog, an die Haustür und sagte, Mr. Gatsby habe ihn angewiesen, meinen Rasen zu mähen. Da fiel mir ein, dass ich vergessen hatte, meiner finnischen Haushälterin zu sagen, sie solle heute kommen. Also fuhr ich nach West Egg Village, um in den vom Regen vollgesogenen, ausgewaschenen Gassen nach ihr zu suchen und nebenbei ein paar Tassen und Zitronen und Blumen zu kaufen.

Die Blumen waren überflüssig, denn von Gatsby Haus wurde ein ganzes Gewächshaus herüber geschafft, mit unzähligen Gefäßen, die man darin platzierte. Eine Stunde später öffnete sich fahrig die Haustür und Gatsby flog herein, im weißen Flanellanzug, silbernem Hemd und mit goldener Krawatte. Er war blass, und unter seinen Augen zeigten sich dunkle Spuren von Schlaflosigkeit.

»Alles in Ordnung?«, fragte er sofort.

»Der Rasen sieht gut aus, falls Sie das meinen.«

»Welcher Rasen?«, fragte er verständnislos. »Oh, der Rasen im Garten.« Er schaute ihn durchs Fenster an, aber seinem Gesichtsausdruck nach zu urteilen glaube ich nicht, dass er ihn überhaupt wahrnahm.

»Sieht sehr gut aus«, bemerkte er geistesabwesend. »In einer der Zeitungen heißt es, der Regen werde vermutlich gegen vier aufhören. Ich glaube, es war *The Journal.* Haben Sie alles, was man braucht für so einen – einen Tee?«

Ich führte ihn in den Anrichteraum, wo er einen leicht bedenklichen Blick auf die Finnin warf. Zusammen musterten wir die zwölf Zitronentörtchen aus dem Delikatessengeschäft.

»Passt das so?«, fragte ich.

»Bestens, bestens! Ausgezeichnet!«, und unwirklich fügte er hinzu: »... alter Knabe.«

Gegen halb vier verwandelte sich der Regen in einen feuchten Nebel, durch den feine Tropfen schwebten wie Tau. Gatsby blätterte sich mit leerem Blick durch eine Ausgabe von Clays *Economics*, zuckte zusammen, wenn ein Schritt der Finnin leicht auf den Küchenboden tappte, und spähte von Zeit zu Zeit zu den getrübten Fenstern hinüber, als ereignete sich dort draußen eine Reihe unsichtbarer, aber alarmierender Vorfälle. Schließlich stand er auf und verkündete mit unsicherer Stimme, er würde jetzt nach Hause gehen.

»Warum das?«

»Weil niemand zum Tee kommt. Es ist zu spät!« Er schaute auf seine Uhr, als müsse er wegen dringender Verpflichtungen anderswo hin. »Ich kann nicht den ganzen Tag warten.«

»Seien Sie nicht albern; es ist gerade mal zwei Minuten vor vier.«

Er setzte sich wieder hin, gequält, als hätte ich ihn dazu gedrängt, und im selben Moment echote das Geräusch eines Motors in meiner Auffahrt. Wir sprangen beide auf, und nun selbst ein wenig angespannt, ging ich hinaus in den Garten.

Unter den tropfenden, nackten Fliederbäumen kam ein großer offener Wagen den Weg herauf. Er hielt an. Daisys Gesicht, seitwärts geneigt, unter einem dreieckigen lavendelfarbenem Hut, schaute mir mit strahlendem, verzücktem Lächeln entgegen.

»Wohnst du tatsächlich *hier*, mein Lieber?«

Das erregende Timbre ihrer Stimme wirkte im Regen wie ein erweckendes Elixier. Für einen Moment folgte mein Ohr alleine diesem Klang, den Höhen und Tiefen, ehe der Sinn ihrer Worte zu mir durchdrang. Eine feuchte Haarsträhne lag wie ein Zug blauer Farbe auf ihrer Wange, und ihre Hand war nass von glitzernden Tropfen, als ich danach griff, um ihr aus dem Wagen zu helfen.

»Bist du in mich verliebt?«, sagte sie leise in mein Ohr, »oder warum muss ich allein kommen?«

»Das ist das Geheimnis von Schloss Rackrent. Sag deinem Fahrer, er soll für ein Stündchen irgendwo hin fahren.«

»Kommen Sie in einer Stunde zurück, Ferdie.« Dann mit bedeutungsvollem Raunen: »Sein Name ist Ferdie.«

»Greift das Benzin seine Nase an?«

»Ich glaube nicht«, sagte sie arglos. »Wieso?«

Wir gingen hinein. Zu meiner grenzenlosen Überraschung war das Wohnzimmer verlassen.

»Na, also das ist lustig!«, rief ich aus.

»Was ist lustig?«

Sie wandte den Kopf, als an der Haustür ein leises, höfliches Klopfen zu hören war. Ich ging hin und öffnete. Totenbleich, die Hände wie Gewichte in den Jackentaschen vergraben, stand Gatsby in einer Pfütze und sah mir mit tragischem Blick in die Augen.

Die Hände in den Taschen behaltend, stakste er an mir vorbei in die Diele, bog wie ferngesteuert scharf um die Ecke und verschwand im Wohnzimmer. Das war kein bisschen komisch. Ich fühlte mein Herz kräftig schlagen und schob die Tür gegen den stärker werdenden Regen zu.

Eine halbe Minute lang war es absolut still. Dann hörte ich aus dem Wohnzimmer eine Art unterdrücktes Gemurmel und bruchstückhaftes Lachen, gefolgt von Daisys deutlich gekünstelter Stimme:

»Ich bin ohne Zweifel wahnsinnig froh, dich wiederzusehen.«

Eine Pause; sie dauerte schrecklich lange. In der Diele konnte ich nicht länger herumstehen, also ging ich ins Zimmer.

Gatsby lehnte, die Hände immer noch in den Taschen, am Kaminsims und tat angestrengt völlig gelassen, ja sogar gelangweilt. Sein Kopf war so weit nach hinten gelegt, dass er das Zifferblatt einer kaputten alten Kaminuhr berührte, und von dort aus starrte er verstört auf Daisy, die ängstlich, aber anmutig auf der Kante eines ungemütlichen Stuhls saß.

»Wir kennen uns von früher«, murmelte Gatsby. Sein Blick streifte mich für einen Moment, und sein Mund öffnete sich zum missglückten Versuch eines Lachens. Glücklicherweise kam die Uhr just in diesem Moment durch das Gewicht seines Kopfes gefährlich ins Schwanken, worauf er sich umdrehte, sie mit zittrigen Fingern abfing und wieder an ihren Platz stellte. Dann setzte er sich starr auf das Sofa, den Ellbogen auf die Lehne und das Kinn in die Hand gestützt.

»Tut mir leid wegen der Uhr«, sagte er.

Mein Gesicht fühlte sich inzwischen glühend wie nach einem tiefen tropischen Sonnenbrand an. Von den tausend Gemeinplätzen in meinem Kopf konnte ich nicht einen einzigen herausbringen.

»Ist eine alte Uhr«, erklärte ich blödsinnigerweise.

Ich glaube, einen Moment lang waren wir alle davon überzeugt, sie sei auf dem Boden in Stücke zersprungen.

»Wir haben uns viele Jahre nicht gesehen«, sagte Daisy, und ihre Stimme klang so nüchtern wie nur möglich.

»Fünf Jahre nächsten November.«

Diese Antwort Gatsbys kam so prompt, dass sie uns für mindestens eine weitere Minute außer Gefecht setzte. Meinem verzweifelten Vorschlag folgend, mir in der Küche beim Tee zu helfen, waren die beiden gerade aufgestanden, als ihn die teuflische Finnin schon auf einem Tablett hereinbrachte.

Dank des willkommenen Durcheinanders von Tassen und Törtchen trat eine gewisse physische Entspannung ein. Gatsby setzte sich in den Schatten, und seine ruhelosen, unglücklichen Augen wanderten folgsam, während Daisy und ich uns unterhielten, zwischen uns hin und her. Schließlich, da solches Stillschweigen zwischen den beiden nicht Sinn der Sache war, entschuldigte ich mich bei der erstbesten Gelegenheit und stand auf.

»Wohin gehen Sie?«, fragte Gatsby, sofort in Unruhe versetzt.

»Bin gleich wieder da.«

»Ich muss mit Ihnen über etwas sprechen, bevor Sie gehen.«

Er folgte mir unaufhaltsam in die Küche, schloss die Tür und flüsterte kläglich: »O Gott!«

»Was ist los?«

»Das hier ist ein schrecklicher Fehler«, sagte er und schüttelte dabei heftig den Kopf, »ein schrecklicher, schrecklicher Fehler.«

»Sie sind nur verlegen, das ist alles«, und glücklicherweise fügte ich hinzu: »Daisy ist auch verlegen.«

»Sie ist verlegen?«, wiederholte er ungläubig.

»Genauso wie Sie.«

»Nicht so so laut!«

»Sie benehmen sich wie ein kleiner Junge«, brach es ungeduldig aus mir heraus. »Und nicht nur das, Sie benehmen sich auch unhöflich. Daisy sitzt dort drinnen ganz allein.«

Er hob die Hand, um mir Schweigen zu bedeuten, sah mich mit einem unvergesslich anklagenden Blick an, öffnete behutsam die Tür und ging zurück ins andere Zimmer.

Ich nahm den Hinterausgang – genau wie Gatsby vor einer halben Stunde, als er seine nervöse Runde ums Haus gedreht hatte – und ging hinüber zu einem mächtigen schwarzen knorrigen Baum, dessen massiges Blätterwerk Schutz vor dem Regen bot. Inzwischen schüttete es wieder, und mein holpriger Rasen, von Gatsbys Gärtner ordentlich gestutzt, war durchzogen von kleinen, schlammigen Pfützen und prähistorischen Sümpfen. Von meinem Platz unter dem Baum aus gab es nichts weiter zu betrachten als Gatsbys enormes Haus, also starrte ich es eine halbe Stunde lang an, wie Kant seinen Kirchturm. Ein Bierbrauer hatte es vor zehn Jahren, zu Beginn der »Stiltreue«-Manie bauen lassen, und man sagt, er habe den Nachbarn angeboten, fünf Jahre lang die Steuern für ihre im Umkreis liegenden Landhäuser zu zahlen, wenn die Besitzer ihre Dächer mit Stroh decken ließen. Vielleicht nahm ihm ihre Verweigerung den Elan, Gründer einer Dynastie zu werden – es ging schlagartig bergab mit ihm. Seine Kinder verkauften das Haus, als der Trauerkranz noch an der Tür hing. Amerikaner lassen sich schon gelegentlich zu Leibeigenen degradieren – aber der Bauernstand ist ihnen von jeher ein Graus.

Nach einer halben Stunde schien wieder die Sonne, und das Automobil des Lebensmittelhändlers bog in Gatsbys Auffahrt und brachte die Zutaten für das Abendessen seiner Bediensteten – ich war sicher, er selbst könnte keinen Bissen herunterbringen. Ein Zimmermädchen begann, die oberen Fenster des Hauses zu öffnen, war kurz hinter jedem zu sehen, lehnte sich dann aus dem großen zentralen Erkerfenster und spuckte meditativ in den Garten. Es war Zeit für mich, zurückzugehen. Solange der Regen strömte, hatte er wie das Gemurmel ihrer Stimmen geklungen, die in der Flut der Emotionen dann und wann leise anstiegen und anschwollen. Doch jetzt, in der Stille, schien mir, dass im Haus ebenfalls Stille eingekehrt war.

Ich ging hinein – machte erst mal allen erdenklichen Lärm in der Küche und hätte beinahe den Ofen umgestoßen – aber sie hatten wohl nicht das Geringste gehört. Sie saßen, jeder an einem Ende der Couch, blickten sich an, als ob irgendeine Frage gestellt worden sei oder gleich gestellt würde, und auch die letzte Spur von Verlegenheit war verschwunden. Daisys Gesicht war tränenverschmiert, und als ich hereinkam, sprang sie auf und fing an, es mit ihrem Taschentuch vor einem Spiegel in Ordnung zu bringen. Gatsby aber hatte sich auf eine Art verwandelt, die schlichtweg verblüffend war. Er glühte förmlich; ohne ein Wort oder eine Geste des Hochgefühls strahlte er doch ein neues Wohlbehagen aus, das den kleinen Raum ausfüllte.

»Oh, hallo, alter Knabe«, sagte er, als hätte er mich jahrelang nicht gesehen. Für einen Augenblick dachte ich, er wolle mir die Hand schütteln.

»Es hat aufgehört zu regnen.«

»Wirklich?« Als er verstand, wovon ich sprach, während der Sonnenschein glitzernde Sprenkel ins Zimmer warf, lächelte er wie ein Wetterprophet, wie ein ekstatischer Schutzheiliger des wiederkehrenden Lichts und wiederholte die Nachricht in Richtung Daisy. »Was sagst du dazu? Es hat aufgehört, zu regnen.«

»Ich freu mich, Jay.« Ihre Stimme, voll schmerzlicher, trauriger Schönheit, trug einzig den Klang unerwarteter Freude.

»Ich möchte, dass Sie und Daisy rüber in mein Haus kommen«, sagte er, »ich würde ihr gern alles zeigen.«

»Sind Sie sicher, dass ich mitkommen soll?«

»Allerdings, alter Knabe.«

Daisy ging nach oben, um ihr Gesicht zu waschen – zu spät fielen mir beschämt meine Handtücher ein –, während Gatsby und ich auf dem Rasen warteten.

»Mein Haus sieht gut aus, nicht wahr?«, wollte er wissen. »Schauen Sie, wie die ganze Fassade das Licht einfängt.«

Ich bestätigte ihm, es sei strahlend schön.

»Ja.« Sein Blick wanderte über jeden runden Türbogen und jeden eckigen Turm. »Ich habe genau drei Jahre gebraucht, bis ich das Geld verdient hatte, um es zu kaufen«

»Ich dachte, Sie hätten Ihr Geld geerbt.«

»Das habe ich auch, alter Knabe«, antwortete er automatisch, »aber das meiste davon habe ich in der großen Turbulenz wieder verloren – der Turbulenz des Krieges.«

Ich denke, er wusste kaum, wovon er sprach, denn als ich ihn fragte, in welcher Branche er beschäftigt sei, antwortete er: »Das ist meine Sache«, noch ehe ihm aufging, dass das keine höfliche Antwort war.

»Oh, ich habe so einige Sachen gemacht«, begann er von Neuem. »Ich war im Drugstoregeschäft, dann im Ölbusiness. Aber inzwischen bin ich in keinem von beiden.« Er schaute mich aufmerksamer an. »Heißt das, Sie haben sich mein Angebot von neulich Nacht noch einmal überlegt?«

Bevor ich antworten konnte, kam Daisy aus dem Haus und die zwei Reihen Messingknöpfe an ihrem Kleid spiegelten das Sonnenlicht.

»Das riesige Haus *dort*?«, rief sie und zeigte mit dem Finger darauf.

»Gefällt es dir?«

»Es ist herrlich, aber ich verstehe nicht, wie du da ganz alleine wohnen kannst.«

»Ich sorge immer dafür, dass interessante Leute da sind, Tag und Nacht. Leute, die interessante Dinge tun. Berühmte Leute.«

Statt die Abkürzung längs des Ufers zu nehmen, gingen wir die Straße entlang und betraten die Villa durch den großen Seiteneingang. Mit bewunderndem Murmeln bestaunte Daisy mal dieses, mal jenes Detail der herrschaftlichen Silhouette vor dem Himmel, bewunderte die Gärten, den zerstäubenden Duft der Jonquillen, den schaumigen Duft der Weißdorn- und Pflaumenblüten und den blassgoldenen Duft der Heckenkirsche. Es war seltsam am Fuß der marmornen Stufen anzukommen und keine leuchtenden Kleider zur Tür hinein- und herausflirren zu sehen, nichts zu hören als das Vogelgezwitscher in den Bäumen.

Und als wir im Inneren durch Musikzimmer im Stil Marie Antoinettes und Salons im Stil der Restaurations-Zeit schlenderten, wähnte ich hinter jeder Couch und jedem Tisch Gäste verborgen, die Anweisung hatten, sich atemlos still zu verhalten, bis wir wieder hinaus waren. Als Gatsby die Tür der ›Merton-College-Bibliothek‹ schloss, hätte ich schwören können, ich hätte den eulenäugigen Mann in gespenstisches Lachen ausbrechen hören.

Wir gingen nach oben, durch stilecht eingerichtete Schlafzimmer, in rosen- und lavendelfarbene Seide getaucht und leuchtend von frischen Blumen, durch Ankleidezimmer und Billardzimmer und Badezimmer mit versenkten Wannen – und platzten ins Zimmer eines zerzausten Mannes im Pyjama, der auf dem Fußboden Gymnastik machte. Es war Mr. Klipspringer, der ›Absacker‹. Ich hatte ihn am Morgen hungrig am Strand umher tigern sehen. Schließlich kamen wir in Gatsbys Privaträume, ein Schlafzimmer, ein Bad und ein Arbeitszimmer nach Entwürfen der Adam-Brüder[4], wo wir uns setzten und ein Glas Chartreuse-Likör tranken, den er aus dem in die Wand eingelassenen Schrank griff.

Er hatte nicht eine Sekunde aufgehört Daisy anzusehen, und ich denke, dass er alles in seinem Haus neu bewertete, gemäß der Reaktion, die sich in ihren innig geliebten Augen zeigte. Manchmal starrte er auch wie benebelt auf seine Besitztümer, als wäre in Daisys tatsächlicher und überwältigender Gegenwart nichts davon länger real. Einmal wäre er fast eine Treppe hinunter gestolpert.

Sein Schlafzimmer war der schlichteste Raum von allen – abgesehen von einer Toilettengarnitur aus purem Mattgold, die auf seiner Frisierkommode

---

[4] *Neoklassischer Einrichtungsstil, angelehnt an die Arbeiten der Architekten Robert und James Adam im 18. Jahrhundert.*

prunkte. Daisy griff verzückt nach der Bürste und strähnte damit durchs Haar, worauf Gatsby sich setzte, seine Augen bedeckte und anfing zu lachen.

»Das ist einfach zu komisch, alter Knabe«, sagte er übermütig. »Ich kann gar nicht ... Wenn ich versuche ...«

Es war deutlich zu sehen, dass er schon zwei Gemütszustände durchgemacht hatte und nun auf der Schwelle zu einem dritten stand. Nach Verlegenheit und blinder Freude war er nun vollständig eingenommen von ihrer Gegenwart. Der Gedanke daran hatte ihn so lange erfüllt, so oft hatte er ihn zu Ende geträumt, sozusagen mit zusammengebissenen Zähnen hatte er gewartet, unter grenzenloser Anspannung. Jetzt, zurückblickend, drehte er wild wie ein überzogenes Uhrwerk.

Schon eine Minute später hatte er sich wieder gefangen und öffnete für uns zwei gewaltige Einbauschränke, die seine Massen von Anzügen, Hausmänteln und Krawatten beherbergten, sowie seine Hemden, die in Dutzenderstapeln wie Ziegel aufeinander geschichtet waren.

»Ich hab da jemanden in England, der für mich Kleidung einkauft. Zu Beginn jeder Saison, im Frühjahr und Herbst, schickt er mir eine Auswahl von Sachen.«

Er nahm einen Stapel Hemden heraus und begann, eins nach dem andern auf den Tisch segeln zu lassen, Hemden aus reinem Leinen und schwerer Seide und feinem Flanell, die sich im Flug entfalteten und den Tisch mit einem vielfarbigen Übereinander bedeckten. Während wir sie bewunderten, brachte er noch mehr, und der sanfte, reiche Hügel türmte sich immer höher – Hemden mit Streifen, Schnörkeln, Karos, in Korallrot und Apfelgrün, Lavendel und sanftem Orange mit Monogrammen in Indischblau. Plötzlich, mit einem gequälten Laut, vergrub Daisy ihr Gesicht in den Hemden und begann unbändig zu weinen.

»Es sind so wunderschöne Hemden«, schluchzte sie in den dicken Haufen. »Das macht mich traurig, weil ich noch nie zuvor so – so wunderschöne Hemden gesehen habe.«

Nach dem Inneren des Hauses sollten wir uns das Grundstück und den Swimmingpool, das Wasserflugzeug und die Sommerblumen ansehen – doch draußen vor Gatsbys Fenster fing es wieder an zu regnen, und so standen wir in Reih nebeneinander und schauten auf die gewellte Oberfläche der Bucht.

»Wenn der Nebel nicht wäre, könnten wir auf der anderen Seite der Bucht dein Haus sehen«, sagte Gatsby. »Dort brennt die ganze Nacht hindurch immer ein grünes Licht am Ende deines Anlegestegs.«

Daisy schob abrupt ihren Arm unter seinen, aber Gatsby schien noch in das, was er gerade gesagt hatte, vertieft. Es kann sein, dass ihm eben klar geworden war, dass die ungeheure Bedeutung jenes Lichts nun für alle Zeiten dahin ist. Verglichen mit der großen Entfernung, die ihn von Daisy getrennt hatte, war das Licht ihr ganz nah gewesen, hatte sie scheinbar fast berührt. Es schien ihr so nah zu sein wie eine Sternschnuppe dem Mond. Jetzt war es wieder ein einfaches grünes Licht an einem Pier. Seine Sammlung verzauberter Gegenstände hatte sich um eins verkleinert.

Ich begann im Zimmer umherzuwandern und inspizierte verschiedene im Halbdunkel unbestimmbare Gegenstände. Eine große Fotografie an der Wand über seinem Schreibtisch, die einen älteren Mann in Segelkleidung zeigte, weckte mein Interesse.

»Wer ist das?«

»Das? Das ist Mr. Dan Cody, alter Knabe.«

Irgendwie klang der Name mir vertraut.

»Er lebt nicht mehr. Vor Jahren war er mein bester Freund.«

Ein kleines Bild von Gatsby, ebenfalls in Segelkleidung – den Kopf herausfordernd zurückgeworfen –, stand auf dem Sekretär, aufgenommen, als er etwa achtzehn war.

»Ich liebe es!«, rief Daisy aus. »Diese Haartolle über der Stirn! Du hast mir nie erzählt, dass du eine Haartolle hattest – oder eine Jacht.«

»Sieh dir das an, sagte Gatsby rasch. »Lauter Zeitungsausschnitte – über dich.«

Sie standen Seite an Seite und begutachteten sie. Ich wollte gerade fragen, ob ich die Rubine sehen könne, als das Telefon klingelte und Gatsby den Hörer abnahm.

»Ja ... Also, ich kann jetzt nicht reden ... Ich kann jetzt nicht reden, alter Knabe ... Eine *kleine* Stadt, sagte ich ... Er wird doch wohl verstehen, was eine kleine Stadt ist ... Naja, dann können wir ihn kaum gebrauchen, wenn seine Vorstellung von einer Kleinstadt Detroit ist ...«

Er legte auf.

»Komm her, *schnell*«, rief Daisy vom Fenster aus.

Es regnete immer noch, aber die Düsternis war im Westen aufgerissen, und rosa und golden bauschten sich schaumige Wolken über dem Meer.

»Schau dir das an«, flüsterte sie, und dann nach einem Moment: »Am liebsten hätte ich eine dieser rosa Wolken, würde dich hineinstecken und darin herumschieben.«

Nun versuchte ich, mich zu verabschieden, aber sie wollten davon nichts hören; vielleicht fühlten sie sich in meiner Gegenwart auf befriedigendere Weise allein.

»Ich weiß, was wir machen«, sagte Gatsby, »wir holen Klipspringer her, und er spielt Klavier.«

Er ging aus dem Zimmer, »Ewing!« rufend, und kam wenige Minuten später zurück, in Begleitung eines verlegenen, leicht zerknautschten jungen Mannes mit Schildpattbrille und ausgedünnten blonden Haaren. Er war nun vernünftig angezogen, mit einem am Kragen offenen ›Sporthemd‹, Turnschuhen und einer Segeltuchhose in nebelhaftem Farbton.

»Haben wir Ihre Übungen unterbrochen?«, fragte Daisy höflich.

»Ich habe geschlafen«, rief Mr. Klipspringer in einem Anfall von Verlegenheit. »Das heißt, ich *hatte* geschlafen. Dann bin ich aufgestanden ...«

»Klipspringer kann Klavier spielen«, schnitt Gatsby ihm das Wort ab. »Ist es nicht so, Ewing, alter Knabe?«

»Ich spiele nicht gut. Ich spiele – eigentlich spiele ich fast nie. Ich bin völlig aus der Üb –«

»Lasst uns nach unten gehen«, unterbrach ihn Gatsby. Er legte einen Schalter um und die grauen Fenster waren nicht mehr zu sehen, als das Haus sich mit strahlendem Licht füllte.

Im Musikzimmer knipste Gatsby eine einzelne Lampe an, die neben dem Klavier stand. Mit zitterndem Streichholz gab er Daisy Feuer für ihre Zigarette und setzte sich mit ihr auf die Couch am anderen Ende des Raumes, wo kein Licht hinfiel außer dem Schimmer, den der glänzende Fußboden von der Halle hereinwarf.

Nachdem Klipspringer ›The Love Nest‹ gespielt hatte, drehte er sich auf der Klavierbank herum und schaute sich im Halbdunkel unglücklich nach Gatsby um.

»Sie sehen ja, ich bin völlig aus der Übung. Ich hab Ihnen ja gesagt, dass ich nicht spielen kann. Ich bin völlig aus der Üb–«

»Reden Sie nicht so viel, alter Knabe«, kommandierte Gatsby. »Spielen Sie!«

>*In the morning,*
In the Evening,
Ain't we got fun ...«

Draußen war der Wind aufgefrischt und ferner Donner zog über den Sund. Alle Lichter gingen jetzt an in West Egg; die elektrischen Züge mit ihren Menschenfrachten stampften von New York durch den Regen nach Hause. Es war die Stunde, in der sich die Stimmung der Menschen verändert und die Luft sich mit gespannter Erwartung auflädt.

> *»One thing's sure and nothing's surer*
> *The rich get richer and the poor get – children.*
> *In the meantime,*
> *In between time ...«*

Als ich hinüberging, um mich zu verabschieden, sah ich, dass der Ausdruck von Beklommenheit in Gatsbys Gesicht zurückgekehrt war, als ob in ihm ein leiser Zweifel aufgeflammt wäre über das Glück, das er gegenwärtig erlebte. Beinahe fünf Jahre! Selbst noch an jenem Nachmittag waren da wohl Momente, in denen die leibhaftige Daisy seine Träume nicht übertraf – nicht etwa durch ihre Schuld, sondern wegen der umwerfenden Lebendigkeit seiner Illusion. Sie war über Daisy, ja über alles hinausgewachsen. Er hatte sich in sie mit schöpferischer Leidenschaft hineingeworfen, indem er ihr immer wieder etwas hinzufügte, sie mit jeder leuchtenden Feder schmückte, die ihm über den Weg schwebte. Kein Maß an Feuer oder Frost reicht aus, um es mit dem aufzunehmen, was ein Mann in seinem gespenstischen Herzen aufbewahrt.

Während ich ihn betrachtete, nahm er sich spürbar ein wenig zusammen. Seine Hand suchte nach der ihren, und als sie ihm etwas ins Ohr flüsterte, wandte er sich in einer Gefühlsaufwallung zu ihr hin. Ich glaube, es war vor allem diese Stimme, die ihn fesselte, ihre fließende, fiebrige Wärme, die auch ein Traum nicht übertreffen konnte – diese Stimme war ein unsterblicher Gesang.

Sie hatten mich vergessen, doch Daisy schaute noch flüchtig auf und reichte mir die Hand; Gatsby kannte mich schon nicht mehr. Ich sah noch einmal zu ihnen hin, und sie schauten zurück, entrückt und völlig von intensivem Leben erfüllt. Dann verließ ich das Zimmer, ging die marmornen Stufen hinab in den Regen, und ließ die beiden dort miteinander allein.

Kapitel 6

Etwa zu dieser Zeit stand eines morgens ein ehrgeiziger junger Reporter aus New York vor Gatsbys Tür und fragte ihn, ob er etwas zu sagen habe.

»Etwas zu sagen? Wozu?«, fragte Gatsby höflich.

»Na ja – irgendeine Erklärung abgeben.«

Nach fünfminütigem Hin und Her stellte sich heraus, dass der Mann in seiner Redaktion Gatsbys Namen aufgeschnappt hatte, in einem Zusammenhang, den er entweder nicht offenlegen wollte oder nicht ganz verstand. Es war sein freier Tag, und mit lobenswertem Eifer hatte er sich aufgemacht, um der Sache »auf den Grund zu gehen«.

Es war ein Schuss ins Blaue, und doch hatte der Reporter den richtigen Riecher. Gatsbys schillernder Ruf, verbreitet von all den Hunderten, die seine Gastfreundschaft genossen hatten und dadurch meinten, ›Experten‹ seiner Vergangenheit zu sein, hatte sich den Sommer über so verbreitet, dass er kurz davor stand, eine Nachricht wert zu sein. Kursierende Legenden wie jene von der »unterirdischen Schnaps-Pipeline nach Kanada« verband man mit ihm, und hartnäckig hielt sich das Gerücht, es sei gar kein Haus, in dem er wohne, sondern ein Schiff, das wie ein Haus aussehe und heimlich an der Küste Long Islands hinauf und hinab schippere. Nur, warum diese Märchen einen James Gatz aus North Dakota erfreuten, ist schwer zu erklären.

James Gatz – das war wirklich, zumindest offiziell, sein bürgerlicher Name gewesen. Im Alter von siebzehn Jahren hatte er ihn geändert, gerade in dem Moment, der den Beginn seiner Karriere markierte – als er nämlich Dan Codys Jacht über der tückischsten Untiefe des Lake Superior vor Anker gehen sah. Es war noch James Gatz, der an diesem Nachmittag in einem zerschlissenen grünen Pullover und Canvashosen am Strand entlang bummelte, aber es war dann schon Jay Gatsby, der sich ein Ruderboot auslieh, zur ›Tuolomee‹ hinausfuhr und Cody warnte, binnen einer halben Stunde könne heftiger Wind aufkommen, ihn erfassen und zum Kentern bringen.

Ich vermute, er hatte sich den Namen schon lange vor jenem Tag zurechtgelegt. Seine Eltern waren träge, erfolglose Farmersleute – in Gedanken hatte er sie eigentlich nie ganz als seine Eltern akzeptiert. Die Wahrheit war, dass Jay Gatsby aus West Egg, Long Island, seiner eigenen, einfach gestrickten Idee von sich selbst entsprang. Er war ein Sohn Gottes – ein Ausdruck, der, wenn überhaupt etwas, dann genau das bedeutet –, und dem Geschäft seines ›Vaters‹ angemessen, huldigte er einer grenzenlosen, platten und trügerischen

Schönheit. So erfand er einen Jay Gatsby, wie ihn ein siebzehnjähriger Junge eben erfinden würde, und dieser Idee blieb er treu bis zum Schluss.

Mehr als ein Jahr lang hatte er sich am Südufer des Lake Superior als Muschelsucher und Lachsfischer durchgeschlagen oder mit jeder anderen Angelegenheit, die ihm Unterkunft und Essen verschaffte. Sein gebräunter, stärker werdender Körper schlug sich ganz natürlich durch die mal harte, mal dahinschleichende Arbeit dieser kräftigenden Tage. Früh schon hatte er Frauen, und da sie ihn anhimmelten, begann er, sie gering zu schätzen; die kleinen Jungfrauen, weil sie einfältig waren, und die anderen, weil sie sich über Sachen aufregten, die er in seiner grenzenlosen Selbstverliebtheit für ganz natürlich hielt.

Aber sein Herz war in ständigem wildem Aufruhr. Die absurdesten und fantastischsten Einfälle suchten ihn nachts in seinem Bett heim. Ein unsagbar schillerndes Universum machte sich in seinem Hirn breit, während die Uhr auf dem Waschtisch vor sich hin tickte und der Mond die auf dem Fußboden verstreuten Kleider mit nassem Licht tränkte. Nacht für Nacht spann er weiter am Stoff seiner Wunschbilder, bis Schläfrigkeit schließlich mit unschuldiger Umarmung irgendeine lebendige Szene zu Ende brachte. Eine Zeitlang dienten diese Phantasien als Ventil für seine Vorstellungskraft; sie waren zufriedenstellende Anzeichen für die Unwirklichkeit der Wirklichkeit, eine Verheißung, dass der Fels der Welt behütet auf einem Feenflügel ruhte.

Ein Instinkt für seinen bevorstehenden Ruhm hatte ihn einige Monate zuvor an das kleine lutherische College St. Olaf im südlichen Minnesota geführt. Er blieb für zwei Wochen, war bestürzt über die dortige eisige Ignoranz gegenüber den Trommeln seines Schicksals, ja gegenüber dem Schicksal selbst, und verachtete die Arbeit als Hausmeister, die ihm das Geld für sein Studium einbringen sollte. Dann wehte es ihn zurück an den Lake Superior, und er wusste noch immer nicht, was er mit sich anfangen sollte, als an jenem Tag Dan Codys Jacht über den Untiefen entlang des Ufers vor Anker ging.

Cody war damals fünfzig Jahre alt, ein Gewächs der Silberminen Nevadas, des Yukon, eigentlich jedes Edelmetallrauschs seit 1875. Die Geschäfte mit Montana-Kupfer, die ihn zum vielfachen Millionär machten, erledigte er physisch robust, aber in naiver Nachgiebigkeit, worauf zahllose Frauen spekulierten und versuchten, ihm sein Geld abzunehmen. Die nicht gerade appetitlichen Methoden, mit denen Ella Kaye, die Reporterin, wie eine Madame de Maintenon seine Schwachheit ausnutzte und ihn mit einer Jacht auf See jagte, gehörten 1902 bei sämtlichen Skandalblättchen zum Tagesgeschäft. Fünf Jahre lang war er an ach so gastlichen Ufern entlanggesegelt, bevor er als Schicksalsbote des James Gatz in Little Girl Bay aufkreuzte.

Für den jungen Gatz, der auf seine Ruder gestützt zur Reling hinaufblickte, verkörperte jene Jacht alle Schönheit und allen Glanz dieser Welt. Ich vermute, er lächelte Cody an – er hatte wahrscheinlich schon entdeckt, dass die Leute ihn mochten, wenn er lächelte. So oder so, Cody fragte ihn einiges (entlockte ihm dabei den nagelneuen Namen), und merkte, dass er aufgeweckt und über die Maßen ehrgeizig war. Ein paar Tage später nahm Cody ihn mit nach Duluth und kaufte ihm einen blauen Mantel, sechs weiße Segeltuchhosen und eine Seglermütze. Und als die ›Tuolomee‹ mit Kurs auf die Westindischen Inseln und die Barbary Coast in See stach, war Gatsby an Bord.

Er war in unbestimmter Funktion angeheuert – solange er bei Cody blieb, war er abwechselnd Steward, Steuermann, Kapitän, Sekretär und sogar Aufseher, denn der nüchterne Dan Cody wusste recht gut, zu welch maßlosem Treiben der betrunkene Dan Cody gelegentlich fähig war, und er baute solchen Eskapaden vor, indem er immer mehr Vertrauen in Gatsby setzte. Diese Vereinbarung hielt fünf Jahre, währenddessen das Schiff dreimal um den Kontinent segelte. Sie hätte ewig währen können, wäre nicht eines Nachts in Boston Ella Kaye an Bord gekommen und wäre Cody nicht eine Woche später, ganz unaufmerksam seinen Gästen gegenüber, gestorben.

Ich erinnere mich an das Porträt oben in Gatsbys Schlafzimmer, ein grauhaariger, rüstiger Mann mit einem harten, leeren Gesicht – ein Pionier des Rabaukentums, der in einer bestimmten Phase der amerikanischen Geschichte die rauen Sitten der Saloons und Bordelle aus den Gegenden des Wilden Westens mit zurück zur Ostküste brachte. Es lag in gewisser Weise an Cody, dass Gatsby so wenig trank. Manchmal, im Verlauf ausgelassener Partys, rieben ihm Frauen Champagner ins Haar; er selbst aber gewöhnte es sich an, die Finger vom Alkohol zu lassen.

Und es war Cody, von dem er Geld erbte – eine Hinterlassenschaft von fünfundzwanzigtausend Dollar. Doch Gatsby bekam sie nicht. Er kam nie dahinter, welchen juristischen Trick sie gegen ihn anwandten, aber alles, was von Codys Millionen noch übrig war, ging komplett an Ella Kaye. Nur seine spezielle, zu ihm passende Ausbildung blieb ihm; die undeutliche Kontur des Jay Gatsby hatte sich zum handfesten Bild eines Mannes herausgebildet.

Er hat mir das alles viel später erzählt, aber ich füge es hier ein, um jene frühen wilden Gerüchte über sein Vergangenheit, die nicht im Entferntesten der Wahrheit entsprachen, aus der Welt zu räumen. Außerdem erzählte er es mir zu einem Zeitpunkt, als ich schon völlig verwirrt war und alles und nichts mehr was ihn betraf, glaubte. So nutze ich also diese kurze Pause, während es Gatsby sozusagen den Atem verschlug, um mit einem Haufen falscher Vorstellungen aufzuräumen.

Es war auch eine Pause, was meine Verwicklung in seine Angelegenheiten betraf. Mehrere Wochen lang traf ich ihn nicht, noch sprach ich ihn am Telefon – meist war ich in New York mit Jordan unterwegs und versuchte, mit ihrer altersschwachen Tante warm zu werden –, aber eines Sonntagnachmittags ging ich schließlich zu ihm hinüber. Ich war keine zwei Minuten dort, als jemand Tom Buchanan auf einen Drink hereinführte. Das verblüffte mich natürlich, aber das wirklich Überraschende war, dass dies nicht schon längst passiert war.

Sie waren zu dritt auf Pferden gekommen – Tom mit einem Mann namens Sloane und eine gutaussehende Frau in braunem Reitdress, die ich früher schon einmal dort gesehen hatte.

»Ich bin hocherfreut, Sie zu sehen«, sagte Gatsby, der auf seiner Veranda stand. »Ich bin hocherfreut, dass Sie vorbeischauen.«

Als ob sie das kümmerte!

»Setzen Sie sich hierher. Nehmen Sie eine Zigarette oder Zigarre.« Er lief geschäftig im Zimmer umher, läutete die Bediensteten herbei. »Ich werde Ihnen sofort etwas zu trinken bringen lassen.«

Toms Anwesenheit machte ihn gründlich nervös. Aber es wäre ihm nicht weniger unwohl gewesen, ihnen nicht sofort etwas anzubieten, denn verschwommen war ihm klar, dass sie einzig aus diesem Grund gekommen waren. Mr. Sloane wollte nichts. Eine Limonade? Nein, danke. Ein Gläschen Champagner? Gar nichts, danke … Verzeihen Sie –

»Hatten Sie einen schönen Ausritt?«

»Sehr gute Pfade in dieser Gegend.«

»Ich vermute, die Automobile –«

»Genau.«

Einem unwiderstehlichen Impuls folgend wandte Gatsby sich zu Tom, der sich hatte vorstellen lassen wie ein Fremder.

»Ich glaube, wir sind uns schon einmal irgendwo begegnet, Mr. Buchanan.«

»Oh, ja«, sagte Tom schroff aber höflich, sich offenbar nicht erinnernd. »Das sind wir. Ich erinnere mich sehr gut.«

»Vor ungefähr zwei Wochen.«

»Richtig. Sie waren mit Nick unterwegs.«

»Ich kenne Ihre Frau«, fuhr Gatsby beinahe angriffslustig fort.

»Ach wirklich?«

Tom wandte sich mir zu.

»Wohnst du hier in der Nähe, Nick?«

»Nebenan.«

»Tatsächlich?«

Mr. Sloane beteiligte sich nicht am Gespräch, sondern lehnte sich hochmütig in seinem Stuhl zurück; die Frau sagte ebenfalls nichts – dann, unerwartet, nach zwei Highballs, taute sie auf.

»Wir werden alle zu Ihrer nächsten Party herüberkommen, Mr. Gatsby«, schlug sie vor. »Was halten Sie davon?«

»Natürlich. Ich wäre hocherfreut, Sie hier zu haben.«

»Wär' nett«, sagte Mr. Sloane ohne Dankbarkeit. »Tja – sollten uns dann mal auf den Weg machen.«

»Bitte, nur keine Eile«, bremste Gatsby. Er hatte sich jetzt im Griff, und er wollte mehr über Tom wissen. »Warum ... warum bleiben Sie nicht zum Abendessen? Es würde mich nicht überraschen, wenn noch ein paar Leute aus New York hereinschauen würden.«

»Kommen Sie doch zum Essen zu *mir*«, sagte die Dame begeistert. »Sie beide.«

Damit meinte sie Gatsby und mich. Mr. Sloane stand auf.

»Na gehen wir schon«, sagte er – allerdings nur zu ihr.

»Im Ernst«, beharrte sie. »Ich hätte liebend gern, dass Sie kommen. Platz ist genug.«

Gatsby sah mich fragend an. Er wollte gern mitkommen und bemerkte nicht, dass Mr. Sloane ihn entschieden nicht dabeihaben wollte.

»Ich fürchte, ich bin verhindert«, sagte ich.

»Nun, aber Sie kommen«, bestand sie darauf, nun einzig an Gatsby gewandt.

Mr. Sloane murmelte etwas neben ihrem Ohr.

»Wir sind nicht zu spät, wenn wir gleich aufbrechen«, entgegnete sie laut.

»Ich habe kein Pferd«, sagte Gatsby. »In der Armee bin ich viel geritten, habe mir aber nie ein eigenes Pferd zugelegt. Ich werde mit meinem Wagen hinter Ihnen herfahren müssen. Entschuldigen Sie mich eine Minute.«

Wir Übrigen traten hinaus auf die Veranda, wo ein wenig entfernt Sloane und die Dame ein hitziges Gespräch begannen.

»Mein Gott, ich fürchte, der Kerl kommt wirklich mit«, sagte Tom. »Begreift er denn nicht, dass sie das gar nicht will?«

»Sie sagte doch, sie will es.«

»Sie gibt ein großes Abendessen, und er wird dort keine Menschenseele kennen.« Er legte die Stirn in Falten. »Ich frage mich, wo zum Teufel er Daisy getroffen hat. Bei Gott, meine Vorstellungen mögen altmodisch sein, aber für meinen Geschmack treiben sich die Frauen heutzutage viel zu viel herum. Da begegnen sie allerhand schrägen Vögeln.«

Unversehens gingen Mr. Sloane und die Dame die Treppe hinunter zu den Pferden und saßen auf.

»Kommen Sie«, sagte Mr. Sloane zu Tom, »wir sind spät dran. Wir müssen los.« Und dann zu mir: »Sagen Sie ihm, wir konnten nicht warten, ja?«

Tom und ich gaben uns die Hand, wir anderen nickten einander kühl zu, dann trabten sie rasch die Einfahrt hinunter und verschwanden gerade unter dem Augustlaub, als Gatsby mit Hut und einem leichten Mantel in der Hand aus der Haustür trat.

Tom war deutlich beunruhigt darüber, dass Daisy sich allein herumtrieb, denn am folgenden Samstagabend erschien er gemeinsam mit ihr auf Gatsbys Party. Vielleicht gab seine Anwesenheit jener Nacht die auf sonderbare Weise bedrückende Atmosphäre – jedenfalls unterschied sie sich in meiner Erinnerung deutlich von Gatsbys anderen Partys des Sommers. Dieselben Leute waren da, oder zumindest dieselbe Art von Leuten, derselbe Überfluss an Champagner, derselbe vielfarbige, vielstimmige Tumult, aber ich spürte etwas Unangenehmes in der Luft liegen, eine durchdringende Strenge, die es vorher nicht gegeben hatte. Oder ich hatte mich inzwischen so daran gewöhnt, West Egg als völlig eigene Welt zu betrachten, mit ihren eigenen Maßstäben und ihren eigenen Helden, mit nichts zu vergleichen, weil es sinnlos war, es zu vergleichen, und nun betrachtete ich es aufs Neue, aber mit Daisys Augen. Es hat stets etwas Bedrückendes, aus neuer Perspektive etwas zu betrachten, an das man sich selbst eben nur mit größter Mühe gewöhnt hat.

Die beiden kamen in der Dämmerung an, und als wir uns draußen unter die funkelnden Hunderterscharen mischten, murmelte Daisys Stimme kunstvolle Laute.

»Das alles hier finde ich ja *so* aufregend«, wisperte sie. »Wenn du mich irgendwann heute Nacht küssen möchtest, Nick, lass es mich einfach wissen und ich werde es liebend gern einrichten. Sag einfach meinen Namen. Oder zeig eine Freikarte vor. Ich verteile Frei —«

»Schauen Sie sich um«, ermunterte uns Gatsby.

»Ich schau mich ja um. Ich find's einfach fabel —«

»Sie werden viele prominente Gesichter entdecken.«

Toms arroganter Blick streifte durch die Menge.

»Wir kommen nicht soviel unter Leute«, sagte er. »Eigentlich dachte ich gerade, ich kenne hier nicht eine Menschenseele.«

»Möglicherweise kennen Sie diese Dame.« Gatsby deutete auf eine hinreißende Orchidee von Frau, die hofhaltend unter einem weißen Pflaumenbaum saß. Toms und Daisys Blicke erstarrten in jenem eigenartig unwirklichen Gefühl, das mit dem Erkennen einer bis dahin geisterhaft gebliebenen Leinwandberühmtheit einhergeht.

»Sie ist zauberhaft«, sagte Daisy.

»Der Mann, der sich zu ihr herüber lehnt, ist ihr Regisseur.«

Feierlich führte er sie von Gruppe zu Gruppe:

»Mrs. Buchanan ... und Mr. Buchanan ...« Nach kurzem Zögern ergänzte er: »... der Polospieler.«

»O nein«, protestierte Tom eilig, »nicht das.«

Gatsby jedoch schien dieser Beiname zu gefallen, denn für den Rest des Abends blieb Tom »der Polospieler«.

»Ich bin noch nie so vielen Berühmtheiten begegnet!«, begeisterte sich Daisy. »Mir gefällt dieser Mann da – wie heißt er noch? –, der mit der irgendwie blauen Nase.«

Gatsby nannte seinen Namen und fügte hinzu, er sei ein unbedeutender Produzent.

»Na, ich mag ihn trotzdem.«

»Mir wär's eigentlich lieber, nicht der Polospieler zu sein«, sagte Tom freundlich, »ich würde mir all diese berühmten Leute hier viel lieber an ... anonym ansehen.«

Daisy und Gatsby tanzten. Ich weiß noch, dass mich sein eleganter, zurückhaltender Foxtrott überraschte – nie zuvor hatte ich ihn tanzen sehen. Dann schlenderten sie hinüber zu meinem Haus und saßen eine halbe Stunde lang auf der Treppe, während ich auf Daisys Bitte hin wachsam im Garten blieb. »Falls es ein Feuer oder eine Flut gibt«, erklärte sie, »oder sonst irgendeine Höhere Gewalt.«

Tom tauchte aus seiner Anonymität wieder auf, als wir uns gemeinsam zum Essen setzten. »Macht's euch was aus, wenn ich mit einigen Leuten dort drüben esse?«, fragte er. »Einer von denen lässt ein paar lustige Geschichten vom Stapel.«

»Kein Problem«, antwortete Daisy entgegenkommend, »und falls du dir irgendwelche Adressen notieren möchtest, hier nimm meinen kleinen goldenen Stift.« … Nach einer Weile blickte sie umher und sagte zu mir, das Mädchen dort sei »ganz hübsch, aber gewöhnlich«, und ich begriff, dass sie sich, abgesehen von der halben Stunde alleine mit Gatsby, keineswegs wohl fühlte.

An unserem Tisch ging es besonders feuchtfröhlich zu. Das lag an mir. – Als ich vor zwei Wochen mit denselben Leuten am Tisch saß und Gatsby ans Telefon gerufen wurde, hatten wir einen ausgelassenen Abend verbracht. Doch was mich damals amüsiert hatte, verursachte jetzt einen bitteren Beigeschmack.

»Wie geht's Ihnen, Miss Baedeker?«

Das angesprochene Mädchen versuchte gerade vergeblich, sich gegen meine Schulter sacken zu lassen. Auf die Frage hin richtete sie sich auf und öffnete die Augen.

»Wa'?«

Eine füllige, behäbige Frau, die eben noch Daisy gedrängt hatte, morgen im örtlichen Club mit ihr Golf zu spielen, ergriff für Miss Baedeker Partei:

»Oh, es geht ihr schon gut. Nach fünf oder sechs Cocktails fängt sie immer an, so zu schreien. Ich sag' ihr dann jedes Mal, sie soll das Trinken lassen.«

»Ich lass es ja schon«, versicherte die Beschuldigte hohl tönend.

»Wir haben sie schreien hören, also hab ich zu Doc Civet hier gesagt: ›Da braucht wohl jemand Ihre Hilfe, Doc.‹«

»Ich bin sicher, sie weiß das zu schätzen«, sagte eine andere Freundin pikiert, »aber ihr Kleid ist klatschnass, seit Sie ihren Kopf in den Pool gesteckt haben.«

»Wenn ich etwas hasse, dann das, wenn mir einer den Kopf in den Pool steckt«, nuschelte Miss Baedeker. »Drüben in New Jersey haben sie mich fast mal ertränkt.«

»Dann sollten Sie die Finger vom Alkohol lassen«, konterte Doktor Civet.

»Da spricht ja der Richtige!«, kreischte Miss Baedeker hitzig. »Ihre Hände zittern ja. Von Ihnen würd' ich mich nicht operieren lassen!«

So ging es weiter. So ziemlich das Letzte, woran ich mich erinnern kann, ist, wie ich mit Daisy dastand und den Filmregisseur mit seinem Star beobachtete. Sie saßen noch immer dort unter dem weißen Pflaumenbaum, und ihre Gesichter berührten sich fast, nur ein blasser, dünner Strahl Mondlicht schimmerte dazwischen. Mir schien, als habe er sich im Lauf des Abends weiter und weiter zu ihr hinübergebeugt, um ihr näher zu kommen, und im Moment, als ich die beiden betrachtete, sah ich, wie er sich um einen letzten Tick nach vorn neigte und sie auf die Wange küsste.

»Ich mag sie«, sagte Daisy, »ich finde sie zauberhaft.«

Alles andere aber missfiel ihr – und zwar eindeutig, nicht als äußerliche Geste, sondern als Gefühl. Sie war entsetzt über West Egg, diesen unerhörten »Ort«, wo sich der Broadway bis zu einem Fischerdorf auf Long Island ausgebreitet hatte – entsetzt von seiner ungehobelten Energie, die ungemütlich unter den üblichen Schönfärbereien scheuerte, und über das allzu aufdringliche Schicksal, das seine Bewohner auf kürzestem Weg von dem einen Nichts ins nächste getrieben hatte. Sie sah etwas Lausiges in all dieser schieren Plattheit, die für sie unbegreiflich war.

Ich saß mit ihnen auf der Eingangstreppe, während sie auf den Wagen warteten. Hier an der Vorderseite war es dunkel; nur die helle Tür entließ ein zwei Quadratmeter großes Rechteck aus Licht in den weichen schwarzen Morgen. Manchmal bewegte sich oben ein Schatten gegen die Jalousie eines Ankleidezimmers, wich dann einem anderen Schatten, eine endlose Prozession von Schatten, die sich in einem unsichtbaren Spiegel schminkten und puderten.

»Wer ist eigentlich dieser Gatsby?«, fragte Tom unvermittelt. »Eine große Nummer im Alkoholschmuggel?«

»Wo hast du das denn gehört?«, fragte ich.

»Ich hab's nicht gehört. Ich kann's mir denken. Viele von diesen Neureichen sind nichts weiter als Alkoholschmuggler, wie du weißt.«

»Gatsby nicht«, sagte ich knapp.

Er schwieg einen Moment. Die Kieselsteine der Auffahrt knirschten unter seinen Füßen.

»Na, jedenfalls muss er sich ganz schön angestrengt haben, um diesen ganzen Zirkus zusammenzubringen.«

Eine Brise fuhr in die graue Wolke von Daisys Pelzkragen.

»Zumindest sind die Leute hier interessanter als die, die wir kennen«, sagte sie mit einiger Mühe.

»So interessiert sahst du gar nicht aus.«

»Tja, ich war's aber.«

Tom lachte und wandte sich an mich.

»Hast du Daisys Mine gesehen, als dieses Mädchen sie bat, sie unter die kalte Dusche zu stellen?«

Daisy fing an in heiserem, rhythmischem Wispern zur Musik zu singen, ließ dabei in jedem Wort eine Bedeutung mitschwingen, die es nie zuvor gehabt hatte und nie wieder haben würde. Wenn die Melodie sich erhob, brach sich ihre Stimme, folgend wie eine Altstimme, auf reizende Weise, und mit jedem Melodiewechsel verstreute sie ein wenig von ihrem warmen menschlichen Zauber hinaus in die Luft.

»Eine Menge Leute kommen hierher, ohne eingeladen zu sein«, sagte sie plötzlich. »Dieses Mädchen war nicht eingeladen. Sie drängen sich einfach herein, und er ist zu höflich, sie abzuweisen.«

»Ich möchte zu gern wissen, wer er ist und was er tut«, wiederholte Tom. »Und ich bin sicher, ich krieg's raus.«

»Ich kann's dir auch gleich sagen«, antwortete sie. »Er hatte eine Kette von Drugstores, eine Menge Drugstores. Er hat alles selbst aufgebaut.«

Die Limousine schob sich behäbig den Weg herauf.

»Gute Nacht, Nick«, sagte Daisy.

Ihr Blick verließ mich und suchte den beleuchteten oberen Treppenabsatz, wo *Three o'Clock in the Morning*, ein netter, melancholischer kleiner Walzer aus jenem Jahr, zur offenen Tür heraus wehte. Auf Gatsbys Partys mit ihrer Zwanglosigkeit ergaben sich, so viel war sicher, romantische Gelegenheiten, die in ihrer Welt völlig fehlten. Was war nur an diesem Lied dort oben, das sie wieder hereinzurufen schien? Was würde dort in den nächsten dämmrigen, unkontrollierten Stunden geschehen? Vielleicht würde irgendein unfassbarer Gast erscheinen, eine ganz und gar außergewöhnliche, anbetungswürdige Person, oder irgendein aus dem Innersten strahlendes junges Mädchen, das mit einem kurzen frechen Blick auf Gatsby, in einem Augenblick magischer Begegnung, fünf Jahre bedingungsloser Treue über Bord werfen würde.

In dieser Nacht blieb ich noch lange; Gatsby bat mich, zu warten, bis er nicht mehr umlagert war, und so vertrieb ich mir die Zeit im Garten, bis die unausbleibliche Schwimmerriege abgekühlt und ausgelassen vom schwarzen Strand herauf gerannt kam, bis in den oberen Gästezimmern die Lichter verlöschten. Als er schließlich die Stufen herunterstieg, spannte sich die gebräunte Haut ungewöhnlich ernst über sein Gesicht, und seine Augen funkelten müde.

»Es hat ihr nicht gefallen«, sagte er sofort.

»Natürlich hat es das.«

»Es hat ihr nicht gefallen«, beharrte er. »Sie hat sich nicht amüsiert.«

Er schwieg, und ich konnte seine unsagbare Niedergeschlagenheit erahnen.

»Ich fühlte mich ihr so fern«, sagte er. »Es ist schwer, ihr das alles hier näherzubringen.«

»Meinen Sie den Tanz?«

»Den Tanz?« Mit einem Fingerschnippen tat er sämtliche Tänze ab, die es jemals gegeben hatte. »Alter Knabe, der Tanz ist nicht von Bedeutung.«

Er wünschte sich von Daisy nichts weniger, als dass sie vor Tom träte und sagte: »Ich habe dich nie geliebt.« Sobald sie mit diesem Satz drei Jahre getilgt hatte, könnten die beiden sich über praktische Schritte, die sie jetzt gehen würden, Gedanken machen. Einer davon war, dass sie, nachdem Daisy frei wäre, nach Louisville zurückkehren und in ihrem Elternhaus heiraten würden – als wären die letzten fünf Jahre zurück gedreht.

»Aber sie begreift es nicht«, sagte er. »Früher einmal hat sie's begriffen. Stundenlang konnten wir dasitzen …«

Er verstummte und begann, auf einem trostlosen Pfad aus Obstschalen, achtlos weggeworfenen kleinen Aufmerksamkeiten und zertretenen Blumen hin und her zu gehen.

»Ich würde ihr nicht zuviel abverlangen«, riskierte ich zu sagen. »Man kann die Vergangenheit nicht zurückholen.«

»Die Vergangenheit nicht zurückholen?«, rief er ungläubig. »Aber natürlich kann man das!«

Hektisch blickte er sich um, als versteckte sich die Vergangenheit hier im Schatten seines Hauses, nur knapp außer Reichweite seiner Hand.

»Ich werde alles wieder so sein lassen, wie es vorher war«, nickte er entschlossen. »Sie wird schon sehen.«

Er sprach viel über die Vergangenheit, und ich reimte mir zusammen, dass er etwas wiederbeleben wollte, irgendeine Idee von sich selbst vielleicht, die in der Liebe zu Daisy aufgegangen war. Seit damals war sein Leben verworren und durcheinander, doch würde es ihm gelingen, erst einmal zu einem bestimmten Ausgangspunkt zurückzukehren, und alles noch einmal bedachtsam zu betrachten, würde er herausfinden, was jenes Etwas war …

… In einer Herbstnacht vor fünf Jahren waren sie unter fallenden Blättern die Straße entlanggegangen und kamen zu einer Stelle ohne Bäume, und der Gehweg war weiß vom Mondlicht. Hier blieben sie stehen und wandten sich einander zu. Die Nacht war jetzt kühl und trug jene geheimnisvolle Erregung, die die beiden jährlichen Wetterwechsel mit sich bringen. Die stillen Lichter der Häuser summten hinaus in die Dunkelheit, und ein reges Flirren bewegte die Sterne. Aus dem Augenwinkel sah Gatsby, wie die Steine des Gehwegs eine Leiter bildeten, empor führend zu einem verborgenen Ort über den Bäumen – er könnte hinaufsteigen, alleine, und oben angelangt, könnte er an der Brust des Lebens saugen, hastig die unvergleichliche Zaubermilch schlucken.

Sein Herz schlug schneller und schneller, als Daisys weißes Gesicht sich dem seinen näherte. Er wusste, wenn er dieses Mädchen küsste und seine unbeschreiblichen Visionen auf ewig mit ihrem vergänglichen Atem verwob, würde sein Geist nie wieder Kapriolen schlagen, genau wie der Geist eines Gottes. Also wartete er, lauschte noch einen Moment der Stimmgabel, die ein Stern ins Schwingen gebracht hatte. Dann küsste er sie. Die Berührung seiner Lippen ließ sie wie eine Blume erblühen, und die Verwandlung war vollbracht.

Alles, was er sagte, selbst seine himmelschreiende Sentimentalität, erinnerte mich an etwas – an einen flüchtigen Rhythmus, ein Bruchstück vergangener Worte, die ich vor langer Zeit irgendwo einmal gehört hatte. Einen Moment lang schien sich ein Satz in meinem Mund zu formen, und meine Lippen öffneten sich wie die eines Stummen, gegen mehr ankämpfend als nur einen Hauch aufgewirbelter Luft. Doch sie formten sich zu keinem Laut, und was mir beinahe wieder in den Sinn gekommen wäre, blieb auf ewig ungesagt.

Kapitel 7

DIE ALLGEMEINE NEUGIERDE bezüglich Gatsby hatte gerade ihren Höhepunkt erreicht, als eines Samstagnachts die Lichter seines Hauses dunkel blieben – und so undurchsichtig, wie sie begonnen hatte, war seine Karriere als hochfliegender neureicher Gastgeber wieder beendet.

Nach und nach bemerkte ich, dass die Automobile, die erwartungsvoll in seine Auffahrt einbogen, für einen kurzen Moment stoppten und dann schmollend wieder davonfuhren. Ich fragte mich, ob er krank wäre und ging hinüber, um nachzusehen. – Ein unbekannter Butler mit Schurkenvisage beäugte mich.

»Ist Mr. Gatsby krank?«

»Nö.« Nach einer Pause setzte er ein »Sir« hinzu, auf eine schleppende, widerwillige Art.

»Ich habe ihn länger nicht gesehen und bin ziemlich besorgt. Sagen Sie ihm, Mr. Carraway sei da gewesen.«

»Wer?«, blaffte er.

»Carraway.«

»Carraway. In Ordnung, ich sag's ihm.« Ruckartig haute er die Tür zu.

Meine Finnin erzählte mir, dass Gatsby vor einer Woche sämtliche Hausangestellten entlassen und sie durch ein halbes Dutzend neuer ersetzt hatte, die niemals hinein nach West Egg Village gingen, um sich von den Händlern bestechen zu lassen, sondern maßvolle Bestellungen per Telefon aufgaben. Der Junge aus dem Lebensmittelladen erzählte, die Küche sehe aus wie ein Saustall, und im Dorf vermutete man, die Neuen seien überhaupt keine Hausangestellten.

Am nächsten Tag rief mich Gatsby an.

»Ziehen sie weg?«, erkundigte ich mich.

»Nein, alter Knabe.«

»Ich hab gehört, Sie hätten all Ihre Angestellten gefeuert.«

»Ich wollte Leute im Haus, die nicht so viel herumquatschen. Daisy kommt ziemlich häufig vorbei – nachmittags.«

Die ganze Karawanserei war also angesichts ihres missbilligenden Blicks wie ein Kartenhaus zusammengefallen.

»Das sind ein paar Leute, denen Wolfsheim einen Gefallen tun wollte. Allesamt Geschwister, die mal ein kleines Hotel hatten.«

»Verstehe.«

Er rief mich auf Daisys Bitte hin an – ob ich morgen zum Mittagessen zu ihr kommen könne? Miss Baker werde auch dort sein. Eine halbe Stunde später rief mich Daisy selbst an und schien beruhigt, als sie hörte, dass ich kommen würde. Irgendetwas lag in der Luft. Aber trotzdem konnte ich nicht glauben, dass sie sich diesen Anlass für eine Szene ausgesucht hatten – noch dazu für die ziemlich peinliche Szene, über die Gatsby im Garten phantasiert hatte.

Der folgende Tag war brütend heiß, beinahe der letzte, sicher aber der wärmste des Sommers. Als der Zug aus dem Tunnel in das Sonnenlicht aufstieg, durchbrachen nur die hitzigen Pfeifsignale der ›National Biscuit Company‹ die schwelende Mittagsstille. Die Strohsitze des Abteils standen kurz davor, in Flammen aufzugehen; die Frau neben mir transpirierte eine Weile lang vornehm in ihre weiße Bluse, doch als ihre Finger die Zeitung zusehends durchfeuchteten, ergab sie sich verzweifelt mit einem kläglichen Seufzer der fiebrigen Hitze. Ihre Handtasche klatschte auf den Boden.

»Ach herrje!«, keuchte sie.

Mit einer erschöpften Bewegung hob ich sie auf und gab sie ihr zurück, indem ich sie am äußersten Ende anfasste und ihr am ausgestreckten Arm hinhielt, um zu verdeutlichen, dass ich nichts damit anstellen wollte,– aber sämtliche Umsitzenden, einschließlich der Frau, verdächtigten mich dennoch.

»Heiß!«, sagte der Schaffner zu vertrauten Gesichtern. »Was ein Wetter! ... Heiß! ... Heiß! ... Heiß! ... Ist Ihnen das heiß genug? Ist das heiß? Ist das ...?«

Meine Dauerfahrkarte landete mit einem dunklen Fleck von seiner Hand wieder bei mir. Bei dieser Hitze scherte es wohl keinen, wessen erhitzte Lippen er gerade küsste, wessen Kopf die Pyjamatasche über seinem Herzen durchnässte!

... Durch die Eingangshalle des Buchanans-Hauses strömte leiser Wind und trug das Telefonläuten zu Gatsby und mir, während wir an der Tür warteten.

»Der Leichnam des Hausherrn!«, blaffte der Butler in die Muschel. »Bedaure, Madam – es ist heute Mittag viel zu heiß, um ihn aufzubahren!«

Was er in Wirklichkeit sagte, war: »Ja ... ja ... ich sehe nach.«

Er legte den Hörer auf und kam, leicht schwitzend her, um uns die steifen Strohhüte abzunehmen.

»Madame erwartet Sie im Salon!«, schrie er und zeigte uns unnötigerweise den Weg. Bei dieser Hitze war jede überflüssige Geste ein Affront gegen die allgemeinen Lebensgeister.

Der Raum, gut von Markisen beschattet, war dunkel und kühl. Daisy und Jordan lagen auf einer enormen Couch wie silberne Götzenbilder und hielten ihre weißen Kleider gegen die singende Brise der Ventilatoren im Zaum.

»Wir können uns nicht bewegen«, sagten sie gleichzeitig.

Jordans Hand, ihre Bräune weiß überpudert, ruhte einen Moment lang in meiner.

»Und Mr. Thomas Buchanan, der Athlet?«, fragte ich.

In diesem Moment hörte ich seine Stimme, schroff, unterdrückt, heiser, am Telefon in der Halle.

Gatsby stand mitten auf dem karmesinroten Teppich und blickte fasziniert umher. Daisy beobachtete ihn und lachte ihr süßes, erregendes Lachen; ein kaum sichtbarer Puderhauch wirbelte von ihrem Busen auf.

»Es geht das Gerücht«, flüsterte Jordan, »dass das da am Telefon Toms Mädchen ist.«

Wir schwiegen. Die Stimme in der Halle schwoll verärgert an: »Also schön, dann verkaufe ich Ihnen den Wagen eben nicht ... Ich bin Ihnen sowieso zu nichts verpflichtet ... und dass Sie mich damit zur Mittagszeit behelligen, kann ich schon gar nicht leiden!«

»Und er legt die Hand über die Muschel«, sagte Daisy zynisch.

»Nein, tut er nicht«, versicherte ich ihr. »Das Geschäft ist echt. Ich weiß zufällig, worum 's geht.«

Tom schmiss die Tür auf, füllte sie einen Moment lang mit seinem massigen Körper voll aus, und stürmte ins Zimmer.

»Mr. Gatsby!« Er streckte seine breite, flache Hand hin, mit gut unterdrückter Abneigung. »Freut mich sehr, Sie zu sehen, Sir ... Nick ...«

»Mach uns einen kalten Drink«, rief Daisy.

Als er aus dem Raum ging, stand sie auf, ging zu Gatsby hinüber, zog sein Gesicht zu sich herunter und küsste ihn auf den Mund.

»Du weißt, dass ich dich liebe«, flüsterte sie.

»Du vergisst, dass eine Dame anwesend ist«, sagte Jordan.

Daisy schaute sich skeptisch um.

»Küss du doch Nick.«

»Du liederliches, schamloses Ding!«

»Ist mir egal!«, rief Daisy und fing an, den offenen Kamin zu bestücken. Dann dachte sie an die Hitze und setzte sich schuldbewusst auf die Couch, gerade als eine frisch gebügelte Kinderfrau ein kleines Mädchen hereinbrachte.

»Aller-liebster Schatz«, sagte sie sanft und breitete die Arme aus. »Komm her zu deiner dich liebenden Mami.«

Als die Kinderfrau es losließ, rannte das Kind quer durch den Raum und vergrub sich schüchtern im Kleid der Mutter.

»Der Aller-liebste Schatz! Hat dein schöner Blondschopf jetzt ein wenig von Mamis Puder abbekommen? Nun dreh dich um und sag schön Guten Tag.«

Gatsby und ich beugten uns nacheinander hinunter und nahmen die kleine, zögerliche Hand. Danach schaute er das Kind immer wieder staunend an. Ich glaube nicht, dass er vorher je wirklich an seine Existenz geglaubt hatte.

»Ich bin extra vor dem Mittagessen umgezogen und hübsch gemacht worden«, sagte das Mädchen eifrig zu Daisy.

»Weil deine Mami dich vorzeigen wollte.« Ihr Gesicht schmiegte sich an das einzige Fältchen des kleinen, weißen Halses. »Du Traum, du. Du vollkommener kleiner Traum.«

»Ja«, sagte das Kind ruhig. »Tante Jordan hat auch ein weißes Kleid an.«

»Wie gefallen dir Mamis Freunde?« Daisy drehte sie herum, sodass sie Gatsby sehen konnte. »Findest du, sie sehen gut aus?«

»Wo ist Daddy?«

»Sie sieht nicht wie ihr Vater aus«, betonte Daisy. »Sie sieht aus wie ich. Sie hat meine Haare und meine Gesichtsform.«

Daisy setzte sich wieder auf die Couch. Die Kinderfrau ging einen Schritt vor und streckte die Hand aus.

»Komm, Pammy.«

»Wiedersehen, Liebling!«

Mit einem widerstrebenden Blick über die Schulter griff das brave Kind die Hand der Nanny und wurde eben aus der Tür geführt, als Tom zurückkam, vier Gin Rickeys voll klackender Eiswürfel im Schlepptau.

Gatsby nahm seinen Drink.

»Die sehen wirklich kalt aus«, sagte er deutlich angespannt.

Wir tranken in langen, gierigen Zügen.

»Irgendwo hab ich gelesen, dass die Sonne mit jedem Jahr heißer wird«, sagte Tom leutselig. »Scheint so, als wird die Erde ziemlich bald in die Sonne krachen – oder nein – genau andersherum – die Sonne wird jedes Jahr kälter.

Kommen Sie nach draußen«, schlug er Gatsby vor, »ich möchte, dass Sie sich hier umsehen.«

Ich ging mit ihnen hinaus auf die Veranda. Auf der grünen Bucht, in der Hitze fast unbewegt daliegend, kroch ein kleines Segelboot langsam in

Richtung des kühleren Meeres. Gatsby folgte ihm kurz mit den Augen; dann hob er seine Hand und zeigte auf die andere Seite der Bucht.

»Genau gegenüber wohne ich.«

»Genau.«

Unsere Blicke schweiften über die Rosenbeete, den heißen Rasen und die Algenüberbleibsel am Ufer, die während der Hundstage dort hängen geblieben waren. Langsam bewegten sich die weißen Schwingen des Boots vor dem kühlen blauen Horizont dahin. Voraus der gewölbte Ozean und Unmengen gesegneter Inseln.

»Das ist ein Sport!«, sagte Tom und nickte. »Mit so einem Boot möchte ich mal ein, zwei Stunden da draußen sein.«

Wir aßen zu Mittag im Speisezimmer, das gegen die Hitze ebenfalls abgedunkelt war, und schluckten mit dem kalten Ale unsere nervöse Heiterkeit hinunter.

»Was fangen wir bloß mit uns an heute Nachmittag?«, jammerte Daisy. »Und morgen, – und in den nächsten dreißig Jahren?«

»Sei nicht so morbide«, sagte Jordan. »Mit der Kühle des Herbstes fängt das Leben wieder von vorn an.«

»Aber es ist so heiß«, beharrte Daisy, am Rande der Tränen, »und alles ist so verworren. Lasst uns alle in die Stadt fahren!«

Ihre Stimme kämpfte sich durch die Hitze, dagegen schlagend, ihrer Sinnlosigkeit eine Form gebend.

»Vom Umbau eines Stalls zu einer Garage hat man schon gehört«, sagte Tom gerade zu Gatsby, »aber ich bin der erste Mensch, der je eine Garage in einen Stall verwandelt hat.«

»Wer kommt mit in die Stadt?«, fragte Daisy hartnäckig. Gatsbys Augen drifteten zu ihr. »Ah«, rief sie, »Sie sehen so frisch aus.«

Ihre Blicke trafen sich, und sie starrten sich an, als wären sie ganz alleine auf der Welt. Mühsam senkte sie ihren Blick zum Tisch.

»Sie sehen immer so frisch aus«, wiederholte sie.

Es klang wie »Ich liebe dich!«, und Tom Buchanan verstand. Er war fassungslos. Sein Mund öffnete sich ein wenig, und er schaute zu Gatsby und dann wieder zu Daisy, in einer Art, als hätte er sie soeben wiedererkannt, als jemanden, den er vor langer Zeit einmal kannte.

»Sie gleichen der Reklame dieses Mannes«, fuhr sie unschuldig fort. »Sie kennen doch die Reklame mit diesem Mann —«

»Na gut«, unterbrach Tom rasch, »ich hab' absolut Lust, in die Stadt zu fahren. Na los – lasst uns alle in die Stadt fahren.«

Er stand auf, seine Augen blitzten noch zwischen Gatsby und seiner Frau hin und her. Niemand rührte sich.

»Kommt schon!« Sein Selbstbewusstsein bekam kleine Risse. »Was ist denn los? Wenn wir in die Stadt wollen, dann lasst uns gehen.«

Seine Hand, Selbstbeherrschung suchend, aber zittrig, führte das Glas mit dem Rest Ale an seine Lippen. Daisys Stimme brachte uns auf die Beine und hinaus auf den glühenden Kiesweg.

»Wollen wir denn jetzt gleich losfahren?«, wandte sie ein. »Einfach so? Will nicht vielleicht jemand erst noch eine Zigarette rauchen?«

»Wir haben alle beim Mittagessen pausenlos gequalmt.«

»Ach, lass uns Spaß haben«, bat sie ihn. »Es ist zu heiß, um herumzuzanken.«

Er antwortete nicht.

»Na, wie du willst«, sagte sie. »Komm, Jordan.«

Sie gingen nach oben, um sich fertig zu machen, während wir drei Männer dastanden und mit den Füßen im heißen Kies scharrten. Im Westen schwebte bereits eine silberne Mondsichel am Himmel. Gatsby war dabei, etwas sagen, überlegte es sich dann aber anders, doch Tom wirbelte schon herum und sah ihn erwartungsvoll an.

»Sind Ihre Stallungen hier in der Nähe?«, fragte Gatsby mit einiger Mühe.

»Ungefähr eine Viertelmeile die Straße runter.«

»Ah.«

Eine Pause.

»Ich kapiere nicht, wozu wir in die Stadt fahren sollen«, brach es heftig aus Tom heraus. Frauen haben wirklich merkwürdige Einfälle ...«

»Sollen wir irgendwas zu trinken mitnehmen?«, rief Daisy aus einem der oberen Fenster.

»Ich hole Whiskey«, antwortete Tom. Er ging hinein.

Gatsby drehte sich hölzern zu mir um:

»Ich bringe in seinem Haus kein Wort heraus, alter Knabe.«

»Sie hat eine verräterische Stimme«, bemerkte ich. »Ihre Stimme ist voller ...« Ich zögerte.

»Ihre Stimme klingt nach Geld«, sagte er plötzlich.

Das war es. Ich hatte es zuvor einfach nicht verstanden. Sie klang nach Geld – das war der unerschöpfliche Zauber, der sich darin anhob und senkte, es war das Klimpern, der Zimbelgesang darin ... Droben im weißen Palast die Königstochter, die güldene Maid ...

Tom kam aus dem Haus und wickelte eine Literflasche in ein Handtuch, Daisy und Jordan hinterher, jede mit einem kleinen, eng sitzenden Hut aus metallisch-glitzerndem Stoff, und einem leichten Cape über dem Arm.

»Fahren wir alle zusammen in meinem Wagen?«, schlug Gatsby vor. Er befühlte die heißen, grünen Lederpolster. »Ich hätte ihn besser in den Schatten stellen sollen.«

»Normale Gangschaltung?«, fragte Tom.

»Ja.«

»Schön, Sie nehmen mein Coupé und lassen mich mit Ihrem Wagen in die Stadt fahren.«

Der Vorschlag war Gatsby zuwider.

»Ich glaube, das Benzin ist bald alle«, wandte er ein.

»Jede Menge«, sagte Tom aufgedreht. Er schaute auf die Tankanzeige. »Und wenn's doch nicht reichen sollte, halte ich an einem Drugstore. Heutzutage kriegen Sie einfach alles in einem Drugstore.«

Eine Pause folgte auf diese anscheinend sinnlose Bemerkung. Daisy sah Tom stirnrunzelnd an, und ein unbestimmter Ausdruck, einerseits völlig fremd, andererseits doch irgendwie vertraut, so als beschreibt man jemand nur in flüchtigen Worten, huschte über Gatsbys Gesicht.

»Komm schon Daisy«, sagte Tom, sie mit der Hand zu Gatsbys Wagen schiebend. »Du fährst mit mir in dieser Zirkuskutsche.«

Er öffnete die Tür, doch Daisy löste sich aus seinem Griff.

»Nimm du Nick und Jordan mit. Wir fahren euch im Coupé hinterher.«

Sie kam nahe an Gatsby heran und berührte mit einer Hand sein Jackett. Jordan, Tom und ich setzten uns auf die Vordersitze von Gatsbys Wagen, Tom probierte erst mal die ungewohnten Schaltwege durch, und dann schossen wir hinaus in die drückende Hitze und ließen die beiden außer Sichtweite zurück.

»Habt ihr das gesehen?«, fragte Tom.

»Was gesehen?«

Er schaute mich schneidend an, als er begriff, dass Jordan und ich längst Bescheid wussten.

»Ihr haltet mich wohl für ziemlich blöd, was?«, sagte er. »Möglicherweise bin ich's sogar, aber manchmal hab ich ein – eine Art siebten Sinn, der mir sagt, was los ist. Vielleicht glaubt ihr das nicht, aber die Wissenschaft ...«

Er hielt inne. Der plötzliche Lauf der Dinge überwältigte ihn, riss ihn zurück vom Rand des möglichen Abgrunds.

»Ich hab ein paar Nachforschungen über diesen Burschen angestellt«, fuhr er fort. »Ich hätte noch weiter graben können, wenn mir klar gewesen wäre ...«

»Willst du damit sagen, du bist bei einem Medium gewesen?«, erkundigte sich Jordan spaßig.

»Was?« Verwirrt starrte er uns an, als wir lachten. »Bei einem Medium?«

»Wegen Gatsby.«

»Wegen Gatsby! Nein, war ich nicht. Ich sagte, ich habe ein paar Nachforschungen über seine Vergangenheit angestellt.«

»Und du hast herausgefunden, dass er in Oxford studiert hat«, sagte Jordan bestätigend.

»In Oxford studiert!« Ungläubig ergänzte er: »Von wegen! Der Kerl trägt 'nen rosa Anzug!«

»Trotzdem hat er in Oxford studiert.«

»Oxford, New Mexico«, schnaubte Tom herablassend, »oder so was in der Art.«

»Hör mal, Tom. Wenn du ein solcher Snob bist, warum hast du ihn dann zum Essen eingeladen?«, wollte Jordan verärgert wissen.

»Daisy hat ihn eingeladen; sie kannte ihn schon vor unserer Hochzeit – weiß der Himmel, woher!«

Weil die Wirkung des Ales langsam nachließ, waren wir nun alle ein wenig gereizt, darum schwiegen wir eine Weile. Dann, als Doktor T. J. Eckleburgs ausgebleichte Augen an der Straße in Sicht kamen, fiel mir Gatsbys Warnung wegen des Benzins wieder ein.

»Es reicht, um in die Stadt zu kommen«, sagte Tom.

»Aber gleich dort ist doch eine Tankstelle«, entgegnete Jordan. »In dieser Bruthitze will ich nicht im Niemandsland festsitzen.«

Tom stieg verärgert auf die Bremsen, und in einer Staubwolke schlitterten wir unter Wilsons Schild und kamen zum Stehen. Kurz darauf tauchte der Besitzer aus dem Inneren seines Ladens auf und glotzte hohläugig auf den Wagen.

»Los, ein bisschen Benzin!«, rief Tom rüde. »Was glauben Sie, warum wir hier anhalten – um die Aussicht zu genießen?«

»Bin krank«, sagte Wilson unbeweglich. »Schon den ganzen Tag.«

»Was ist denn los?«

»Ich bin völlig ausgepumpt.«

»Und, soll ich mich etwa selbst bedienen?«, fragte Tom. »Am Telefon klangen Sie doch ganz munter.«

Mit Anstrengung löste Wilson sich aus dem Schatten und Schutz des Eingangs und schraubte, schwer atmend, die Kappe vom Tank. Im Sonnenlicht war sein Gesicht grün.

»Ich wollte nicht beim Mittagessen stören«, sagte er. »Aber ich brauche ziemlich dringend Geld, und ich hab mich gefragt, was nun aus Ihrem alten Wagen wird.«

»Wie gefällt Ihnen dieser hier?«, fragte Tom. »Hab ihn letzte Woche erstanden.«

»'n schöner gelber«, sagte Wilson, während er sich an der Pumpe plagte.

»Lust, ihn zu kaufen?«

»Sicher doch.« Wilson lächelte müde. »Nein, aber mit dem andern könnte ich ein bisschen Geld machen.«

»Wozu brauchen Sie denn auf einmal Geld?«

»Ich bin schon zu lange hier. Ich will woanders hin. Meine Frau und ich wollen in den Westen gehen.«

»Ihre Frau will das auch?«, rief Tom entgeistert.

»Sie redet schon zehn Jahre lang davon.« Er lehnte sich für einen Augenblick an die Zapfsäule und beschattete die Augen. »Und jetzt wird sie gehen, so oder so. Ich bringe sie von hier weg.«

Das Coupé rauschte mit einer Schleppe von Staub an uns vorbei, und kurz blitzte eine winkende Hand auf.

»Was bin ich schuldig?«, fragte Tom ruppig.

»In den letzten zwei Tagen hab ich da so 'ne Sache rausgefunden«, sagte Wilson. »Deshalb will ich hier verschwinden. Deshalb bin ich Ihnen wegen dem Wagen auf die Nerven gegangen.«

»Was bin ich schuldig?«

»'n Dollar zwanzig.«

Die unbarmherzig pochende Hitze machte mich nun langsam kirre, und für einen Moment wurde mir übel, ehe ich verstand, dass sein Verdacht bis jetzt nicht auf Tom gefallen war. Er war dahinter gekommen, dass Myrtle eine Art zweites Leben führte, in einer Welt weit weg von ihm, und der Schock war ihm in die Glieder gefahren. Ich starrte erst ihn und dann Tom an, der kaum eine Stunde früher eben so eine Entdeckung gemacht hatte – und es begann mir einzuleuchten, dass kein Unterschied zwischen zwei Menschen so tiefgreifend sein kann – welcher Intelligenz oder Herkunft sie auch sein mögen – wie der zwischen einem Liebeskranken und einem Gesunden. Wilson war so krank, dass er schuldig wirkte, unverzeihlich schuldig – als hätte er gerade irgendeinem armen Mädchen ein Kind gemacht.

»Sie können den anderen Wagen haben«, sagte Tom. »Ich schicke ihn morgen Nachmittag zu Ihnen herüber.«

Der Ort hier hatte stets etwas seltsam Beunruhigendes, sogar im hellen Glanz des Nachmittags, und ich drehte den Kopf, als hätte mich irgendwer vor etwas in meinem Rücken gewarnt. Die riesigen Augen Doktor T. J. Eckleburgs hielten über den Aschehügeln Ausschau, aber nach einem Moment bemerkte ich, dass uns noch ein Augenpaar mit eigenartiger Intensität beobachtete, weniger als zehn Meter entfernt.

An einem der Fenster über der Werkstatt waren die Vorhänge leicht zur Seite geschoben, und Myrtle Wilson starrte zum Wagen herab. Sie war so vertieft, dass sie nicht bemerkte, wie sie selbst beobachtet wurde – und eine Gefühlsregung nach der anderen zeichnete sich in ihrem Gesicht ab, wie Elemente in einem sich langsam entwickelnden Foto. Dieser Ausdruck war mir merkwürdig vertraut – ein Ausdruck, den ich schon öfters in Frauengesichtern gesehen hatte, doch in Myrtle Wilsons Gesicht schien er unpassend und unerklärlich, bis ich verstand, dass ihre entsetzt und eifersüchtig geweiteten Augen nicht Tom, sondern Jordan Baker fixierten, die sie für seine Frau hielt.

Keine Verwirrung ist so total wie die eines schlichten Gemüts, und als wir weiter fuhren, fühlte Tom die glühende Peitsche der Panik. Seine Frau und seine Gespielin, bis vor einer Stunde bestens aufgehoben, entglitten rasant seiner Kontrolle. Instinktiv trat er aufs Gas, in der zweifachen Absicht, Daisy einzuholen und Wilson hinter sich zu lassen, und wir rasten mit achtzig Sachen in Richtung Astoria, bis unter den Spinnenbeinen der Hochbahn das ruhig dahingleitende blaue Coupé in Sichtweite kam.

»In den großen Kinos entlang der Fünfzigsten Straße ist es kühl«, schlug Jordan vor. »Ich liebe diese Sommernachmittage in New York, wenn alle ausgeflogen sind. Es wirkt dann sehr sinnlich – überreif, als würden dir gleich alle möglichen komischen Früchte einfach so in den Schoß fallen.«

Das Wort »sinnlich« machte Tom noch unruhiger, doch ehe er etwas erwidern konnte, bremste das Coupé ab, und Daisy signalisierte uns, neben ihnen zu halten.

»Wo fahren wir hin?«, rief sie.

»Wie wär's mit dem Kino?«

»Es ist so heiß«, jammerte sie. »Geht ihr nur. Wir fahren spazieren und treffen euch später.« Mühsam kam schwach ihr Humor zum Vorschein: »Wir treffen euch dann an irgendeiner Ecke. Ich bin der Kerl, der zwei Zigaretten raucht.«

»Wir können das wohl kaum hier diskutieren«, sagte Tom unruhig, als ein Lastwagen hinter uns fluchend hupte. »Fahrt mir hinterher, bis zur Südseite des Central Park, wo die Zufahrt zum Plaza ist.«

Mehrmals schaute er über die Schulter zurück zu ihrem Wagen, und wenn der Verkehr sie aufgehalten hatte, bremste er ab bis sie wieder zu sehen waren. Ich glaube, er fürchtete, sie würden rasant abbiegen und für immer aus seinem Leben verschwinden.

Aber das taten sie nicht. Und so kamen wir gemeinsam auf die schwer nachvollziehbare Idee, uns den Salon einer Suite im Plaza Hotel zu mieten.

Der lange und hitzige Streit, der uns letztlich in jenem Zimmer festhielt, ist aus meinem Gedächtnis verschwunden, aber ich erinnere mich noch deutlich daran, wie sich mir währenddessen meine Unterwäsche wie eine feuchte Schlange um den Leib wand, und mir von Zeit zu Zeit Schweißperlen den Rücken hinunter liefen. Da hatte Daisy die Idee, fünf Badezimmer zu mieten und kalte Bäder zu nehmen, was sich dann aber als »Ort, an dem wir Mint Julep[5] bekommen« etwas profaner realisierte. Wir alle erklärten das zu einer »abgedrehten Idee« – redeten gleichzeitig auf den verdutzten Empfangschef ein und bildeten uns ein, außerordentlich originell zu sein Der Raum war groß und stickig, und obwohl es bereits vier Uhr war, drang nur ein Schwall heißer Luft aus den Büschen des Parks herein, wenn man die Fenster öffnete. Daisy ging zum Spiegel, stand dort mit dem Rücken zu uns und machte sich das Haar zurecht.

»Eine stinkend vornehme Suite ist das«, flüsterte Jordan ironisch, und alle lachten.

»Mach noch ein Fenster auf«, kommandierte Daisy, ohne sich umzudrehen.

»Da ist keins mehr.«

»Na schön, lass uns unten anrufen und nach einer Axt fragen ...«

---

[5] *Cocktail aus Minze, Whiskey, Zucker und Eiswürfeln*

»Am besten kümmert man sich einfach nicht um die Hitze«, sagte Tom ungeduldig. »Mit dem ständigen Genörgel machst du's noch zehnmal schlimmer.«

Er wickelte die Flasche Whiskey aus dem Tuch und stellte sie auf den Tisch.

»Lassen Sie sie doch einfach in Frieden, alter Knabe«, sagte Gatsby. »Sie waren doch der, der in die Stadt fahren wollte.«

Einen Augenblick lang war es still. Das Telefonbuch rutschte von seinem Nagel und klatschte auf den Boden, worauf Jordan wisperte: »Oh, verzeihen Sie« – doch dieses Mal lachte niemand.

»Ich heb's auf«, bot ich an.

»Hab's schon.« Gatsby besah sich die zertrennte Schnur, murmelte ein interessiertes »Hm!« und warf das Buch auf einen Stuhl.

»Scheint ein Lieblingsausdruck von Ihnen zu sein, was?«, sagte Tom scharf.

»Was denn?«

»Dieses ständige ›alter Knabe‹. Wo haben Sie das denn aufgeschnappt?«

»Hör mal, Tom«, sagte Daisy und wandte sich vom Spiegel um, »wenn du hier anfängst persönlich zu werden, bleibe ich keine Minute länger hier. Ruf doch unten an und bestell Eiswürfel für den Mint Julep.«

Als Tom den Hörer abnahm, entlud sich die verdichtete Hitze in Klänge, und wir lauschten den bombastischen Akkorden von Mendelssohns Hochzeitsmarsch, die aus dem Ballsaal unter uns kamen.

»Stellt euch vor, bei dieser Hitze zu heiraten!«, rief Jordan kläglich.

»Also – meine Hochzeit war mitten im Juni«, erinnerte Daisy sie, »Louisville im Juni! Jemand wurde ohnmächtig. Wer war's gleich nochmal, der in Ohnmacht fiel, Tom?«

»Biloxi«, antwortete er knapp.

»Ein Mann namens Biloxi. ›Blocks‹ Biloxi, und er stellte Kisten her – kein Scherz – und kam aus Biloxi, Tennessee.«

»Sie haben ihn dann zu mir nach Hause gebracht«, fügte Jordan hinzu, »weil wir von der Kirche aus nur zwei Türen weiter wohnten. Und er blieb volle drei Wochen, bis Daddy ihm klarmachte, er solle verschwinden. Am Tag danach ist Daddy gestorben.« Kurz darauf ergänzte sie vorsichtshalber: »Es gab da aber keinen Zusammenhang.«

»Ich kannte mal einen Bill Biloxi aus Memphis«, warf ich ein.

»Das war sein Vetter. Als er ging, kannte ich seine komplette Familienge-schichte. Er hat mir einen Putter aus Aluminium geschenkt, den ich immer noch benutze.«

Die Musik unten hatte aufgehört, denn die Zeremonie fing an, und durch das Fenster drang anhaltendes Jubeln, gefolgt von vereinzelten »Jaa-aa-ah!«-Rufen und schließlich das plötzliche Explodieren von Jazzmusik, als der Tanz begann.

»Wir werden alt«, sagte Daisy. »Wenn wir jung wären, würden wir aufsprin-gen und anfangen zu tanzen.«

»Denk an Biloxi«, mahnte Jordan. »Woher kanntest du ihn, Tom?«

»Biloxi?« Er dachte angestrengt nach »Ich kannte ihn gar nicht. Er war ein Freund von Daisy.«

»War er nicht«, bestritt sie. »Ich hatte ihn vorher noch nie gesehen. Er kam mit euch im Privatzug runter.«

»Tja, er hat behauptet, dich zu kennen. Er sagte, er wäre in Louisville aufgewachsen. Asa Bird hat ihn in letzter Minute angeschleppt und gefragt, ob wir noch Platz für ihn hätten.«

Jordan lächelte.

»Wahrscheinlich hat er sich so seine Heimfahrt erschnorrt. Mir hat er erzählt, er sei Präsident eures Jahrgangs in Yale gewesen.«

Tom und ich sahen uns verblüfft an.

»Biloxi?«

»Zuerst mal hatten wir gar keinen Präsidenten ...«

Gatsby Fuß klopfte ein nervöses Staccato, und plötzlich sah Tom ihm direkt ins Gesicht.

»Übrigens, Mr. Gatsby, ich höre, Sie sind ein Oxford Mann.«

»Nicht ganz.«

»O ja, ich habe es so verstanden, dass sie in Oxford waren.«

»Ja – ich war dort.«

Eine Pause. Dann Toms Stimme, skeptisch und unverschämt:

»Da müssen Sie wohl ungefähr um dieselbe Zeit dort gewesen sein, als Biloxi in New Haven war.«

Eine weitere Pause. Ein Kellner klopfte und kam mit zerstoßenem Eis und zerriebener Minze herein, doch sein »Danke sehr« und das leise Schließen der Tür konnten die Stille nicht durchbrechen. Jenes im Raum stehende Detail sollte nun endlich geklärt werden.

»Ich sagte Ihnen schon, ich war dort«, wiederholte Gatsby.

»Ich hab's gehört, aber ich wüsste gern, wann das war.«

»Es war neunzehn-neunzehn, ich blieb nur fünf Monate. Deshalb will ich mich nicht wirklich einen Oxford-Mann zu nennen.«

Tom schaute in die Runde, um zu sehen, ob wir seinen Unglauben teilten. Doch wir alle schauten auf Gatsby.

»Es war ein Chance, die man einigen Offizieren nach dem Waffenstillstand bot«, fuhr er fort. »Wir durften uns eine beliebige Universität in England oder Frankreich aussuchen.«

Ich wäre gern aufgestanden und hätte ihm auf die Schulter geklopft. Wieder einmal kam mein vorbehaltloses Vertrauen in ihn zurück, so wie ich es schon früher erlebt hatte.

Daisy erhob sich mit einem leisen Lächeln und ging zum Tisch.

»Mach den Whiskey auf, Tom«, befahl sie, »und ich mixe dir einen Mint Julep. Damit du nicht mehr so dumm dastehen musst ... Nimm die Minze!«

»Augenblick«, blaffte Tom, »ich will Mr. Gatsby noch eine Frage stellen.«

»Nur zu«, sagte Gatsby höflich.

»Welche Art Streit wollen Sie in meinem Haus eigentlich veranstalten?«

Nun spielten sie schließlich mit offenen Karten, und Gatsby hatte nichts dagegen.

»Er ›veranstaltet‹ keinen Streit.« Daisy blickte verzweifelt vom einem zum andern. »Du bist es, der den Streit vom Zaun bricht. Reiss' dich bitte ein wenig zusammen.«

»Zusammenreissen!«, wiederholte Tom ungläubig. »Das ist ja wohl das Letzte, dass ich entspannt zusehe, wie Mr. Irgendwer aus Irgendwo mit meiner Frau schläft. Tja, wenn das die Idee sein soll, da mach ich nicht mit ... Heutzutage machen sich die Leute lustig übers Familienleben und die Familie als solche, und als Nächstes werfen sie alles über Bord und erlauben die Mischehe zwischen Schwarzen und Weißen.«

Überwältigt vom eigenen leidenschaftlichen Geschwätz wähnte er sich allein am letzten Verteidigungsposten der Zivilisation.

»Wir sind hier alle weiß«, murmelte Jordan.

»Ich weiß schon, dass ich nicht sonderlich beliebt bin. Ich schmeisse ja keine großen Partys. Ich nehme an, muss man sein Haus zum Schweinestall machen, um zumindest ein paar Freunde zu haben – in der modernen Zeit.«

So verärgert ich auch war, wie wir alle, so musste ich mir doch das Lachen verkneifen, sobald er den Mund aufmachte. Die Wandlung vom Fremdgeher zum Tugendwächter war einfach total.

»Jetzt sage ich *Ihnen* mal was, alter Knabe —«, begann Gatsby. Doch Daisy konnte sich denken, was er im Sinn hatte.

»Bitte nicht!«, ging sie hilflos dazwischen. »Bitte lasst uns alle nach Hause gehen. Warum fahren wir nicht einfach nach Hause?«

»Das ist eine gute Idee.« Ich stand auf. »Komm schon, Tom. Keiner hat Lust auf einen Drink.«

»Ich will wissen, was Mr. Gatsby mir zu sagen hat.«

»Ihre Frau liebt Sie nicht«, sagte Gatsby. »Sie hat Sie niemals geliebt. Sie liebt mich.«

»Sie sind wohl verrückt!«, entfuhr es Tom reflexartig.

Gatsby sprang auf, erhitzt und aufgebracht.

»Sie hat Sie niemals geliebt, hören Sie?«, rief er. »Sie hat Sie nur geheiratet, weil ich ein armer Kerl war und sie genug davon hatte, auf mich zu warten. Es war ein bitterer Fehler, aber in ihrem Herzen hat sie nie einen andern geliebt als mich!«

An diesem Punkt machten Jordan und ich Anstalten zu gehen, aber Tom und Gatsby bestanden – in konkurrierender Beharrlichkeit – darauf, dass wir blieben – als hätten beide nichts zu verbergen und als würden sie anderen die Ehre erweisen, sie so unmittelbar an ihren Gefühlsaufwallungen teilnehmen zu lassen.

»Setz dich, Daisy.« Toms Stimme tappte vergebens nach einem väterlichen Ton. »Was ist hier los? Ich möchte alles wissen.«

»Ich habe Ihnen gesagt, was hier vorgeht«, sagte Gatsby. »Was schon seit fünf Jahren vor sich geht – an Ihnen vorbei.«

Tom wandte sich brüsk an Daisy.

»Du triffst dich mit diesem Kerl seit fünf Jahren?«

»Das nicht«, sagte Gatsby. »Nein, wir konnten uns nicht treffen. Aber all die Zeit über haben wir uns geliebt, alter Knabe, und Sie wussten es nicht. »Manchmal musste ich lachen« – aber in seinen Augen war kein Lachen zu sehen – »wenn ich an Ihre Unbedarftheit dachte.«

»Oh – das reicht wohl jetzt.« Tom legte wie ein Priester seine dicken Finger aneinander und lehnte sich in seinem Stuhl zurück.

»Sie sind verrückt!« Er explodierte. »Ich kann nichts dazu sagen, was vor fünf Jahren passiert ist, da kannte ich Daisy nämlich noch nicht – und der

Teufel soll mich holen, wenn Sie's damals auch nur bis auf eine Meile in ihre Nähe geschafft haben, höchstens um an der Hintertür Einkäufe abzuliefern. Alles andere ist eine gottverdammte Lüge. Daisy hat mich geliebt, als sie mich geheiratet hat, und sie liebt mich jetzt.«

»Nein«, sagte Gatsby und schüttelte den Kopf.

»O doch. Das Problem ist nur, dass sie manchmal auf dumme Gedanken kommt und dann nicht weiß, was sie tut.« Er nickte weise. »Und noch entscheidender ist, ich liebe Daisy auch. Ab und zu hab' ich zwar meine kleinen Eskapaden und mache mich zum Idioten, aber ich komme immer zurück, und tief in meinem Herzen liebe ich immer nur sie.«

»Du bist mir zuwider«, sagte Daisy. Sie wandte sich an mich, und ihre Stimme, nun eine Oktave tiefer, füllte den Raum mit bebender Verachtung: »Weißt du, warum wir aus Chicago weggezogen sind? Es wundert mich, dass er die Geschichte dieser kleinen ›Eskapade‹ nicht herumerzählt hat.«

Gatsby ging zu ihr hinüber und stellte sich neben sie.

»Daisy, das ist jetzt alles vorbei«, sagte er ernst. »Es spielt keine Rolle mehr. Sag ihm einfach die Wahrheit – dass du ihn nie geliebt hast – und alles ist für immer ausgelöscht.«

Mit leerem Blick sah sie ihn an. »Oh, wie konnte ich ihn je – jemals lieben?«

»Du hast ihn niemals geliebt.«

Sie zögerte. Ihr Blick fiel auf Jordan und mich in einer Art Einspruch, als würde ihr erst jetzt bewusst, was sie da gerade tat – und dass sie niemals, niemals vorgehabt hätte, das zu tun. Doch es war schon geschehen. Es war zu spät.

»Ich habe ihn nie geliebt«, sagte sie mit deutlichem Widerstreben.

»Nicht mal in Kapiolani[6]?«, fragte Tom plötzlich.

»Nein.«

Von unten, vom Ballsaal zogen gedämpfte, erstickte Akkorde auf Wellen heißer Luft zu uns herauf.

»Auch nicht an dem Tag, als ich dich den Weg vom Punch Bowl herunter getragen habe, damit deine Schuhe nicht nass werden?« Raue Zärtlichkeit lag in seinem Ton … »Daisy?«

»Bitte hör auf.« Ihre Stimme war kalt, aber die Bitterkeit darin war verschwunden. Sie sah Gatsby an. »Ach, Jay«, sagte sie – und als sie versuchte,

---

[6] *Ausflugsort auf Hawaii*

sich eine Zigarette anzuzünden, zitterte ihre Hand. Plötzlich warf sie die Zigarette mitsamt dem brennenden Streichholz auf den Teppich.

»Oh, du verlangst zu viel!«, schrie sie Gatsby an. »Ich liebe dich jetzt – ist das nicht genug? Ich kann die Vergangenheit nicht ungeschehen machen.« Sie begann hilflos zu schluchzen. »Es gab eine Zeit, da habe ich ihn geliebt – aber dich habe ich auch geliebt.«

Gatsbys Augen öffneten und schlossen sich wieder.

»Du hast mich *auch* geliebt?«, wiederholte er.

»Sogar das ist gelogen«, sagte Tom schneidend. »Sie wusste ja nicht einmal, dass Sie noch am Leben waren. Mann – es gibt Dinge zwischen Daisy und mir, von denen Sie nie erfahren werden, Dinge, die keiner von uns je vergessen kann.«

Die Worte schienen sich brutal in Gatsbys Fleisch zu graben.

»Ich möchte allein mit Daisy sprechen«, forderte er. »Sie ist doch völlig aufgewühlt –«

»Auch wenn wir alleine sind, kann ich nicht sagen, ich hätte Tom nie geliebt«, gestand sie mit kläglicher Stimme. »Es wäre nicht die Wahrheit.«

»Natürlich nicht«, bekräftigte Tom.

Sie drehte sich zu ihrem Mann.

»Als ob dir das etwas bedeuten würde«, sagte sie.

»Natürlich tut es das. Ich werde mich von nun an besser um dich kümmern.«

»Sie haben es noch nicht begriffen«, sagte Gatsby in einem Anflug von Panik. »Sie werden sich nie wieder um sie kümmern.«

»Werde ich das nicht?« Tom riss die Augen weit auf und lachte. Jetzt konnte er es sich leisten mit ruhiger Stimme zu sprechen. »Warum das denn?«

»Daisy wird Sie verlassen.«

»Blödsinn.«

»Doch, das werde ich«, sagte sie sichtlich angestrengt.

»Sie wird mich nicht verlassen!« Toms Worte drückten mit einem Mal schwer auf Gatsby. »Schon gar nicht für einen gewöhnlichen Schwindler, der den Ring, den er ihr anstecken will, erst stehlen muss.«

»Ich halt das nicht aus!«, schrie Daisy. »Oh, bitte lasst uns gehen.«

»Wer sind Sie überhaupt?«, brach es aus Tom heraus. »Sie gehören doch zu diesem Haufen, der um Meyer Wolfsheim herumstreunt – so viel weiß ich jedenfalls schon. Ich hab' ein paar Nachforschungen über Ihre Geschäfte angestellt – und schon morgen werd' ich noch tiefer graben.«

»Tun Sie, was Sie nicht lassen können, alter Knabe«, sagte Gatsby unbeeindruckt.

»Ich weiß jetzt, was es mit Ihren ›Drugstores‹ auf sich hat.« Er wandte sich an uns und sprach hektisch. »Er und dieser Wolfsheim haben hier und in Chicago jede Menge schäbiger Drugstores aufgekauft und verhökern unter dem Tresen Spiritus. Das ist nur eine seiner Tricksereien. Schon beim ersten Treffen hielt ich ihn für einen Alkoholschmuggler, was nicht so falsch war.«

»Was haben Sie für ein Problem damit?«, fragte Gatsby höflich. »Offensichtlich war sich Ihr Freund Walter Chase nicht zu schade, mit einzusteigen.«

»Und als es ungemütlich wurde, haben Sie ihn im Stich gelassen, oder etwa nicht? Sie haben ihn drüben in New Jersey einfach für einen Monat in den Knast wandern lassen. Mann! Sie sollten mal hören, wie Walter über *Sie* redet.«

»Er war total pleite, als er zu uns kam. Er war ganz schön froh, ein bisschen Geld machen zu können, alter Knabe.«

»Hören Sie mit diesem ›alter Knabe‹-Zeug auf!«, fuhr Tom ihn an. Gatsby sagte nichts. »Walter hätte Sie auch mit den Wettvorschriften auffliegen lassen können, aber Wolfsheim hat ihn so eingeschüchtert, dass er den Mund hielt.«

Der fremde und dennoch vertraute Ausdruck lag wieder auf Gatsbys Gesicht.

»Und diese Drugstore-Sache – das war nur Kleingeld«, fuhr Tom bedächtig fort, »aber jetzt haben Sie da was laufen, das Walter mir aus Angst nichts sagen will.«

Ich schaute verstohlen zu Daisy, die geschockt Gatsby und dann ihren Mann anstarrte, und schließlich Jordan, die begonnen hatte, einen unsichtbaren, aber ihre Aufmerksamkeit fordernden Gegenstand auf der Kinnspitze zu balancieren. Dann sah ich Gatsby an – und erschrak angesichts seiner Miene. Er sah aus – und dies sage ich bei aller Zurückweisung des verleumderischen Geschwätzes in seinem Garten –, als hätte er ›jemanden umgebracht‹. Einen Moment lang konnte man seinen Gesichtsausdruck nur in dieser abstrusen Weise charakterisieren.

Der Moment verging, und er begann, aufgeregt auf Daisy einzureden, alles abzustreiten und seinen Namen gegen Anschuldigungen zu verteidigen, die gar niemand erhoben hatte. Aber mit jedem seiner Worte zog sie sich mehr und mehr in sich zurück, so dass er es aufgab, und nur ein sterbender Traum kämpfte wacker weiter, während sich der Nachmittag leise davonschlich und versuchte, etwas zu greifen, das nicht mehr greifbar war –

unglücklich und bemüht um jene verblassende Stimme am anderen Ende des Raumes kämpfend.

Diese Stimme flehte nochmal, zu gehen.

»*Bitte*, Tom! Ich halte das nicht mehr aus.«

Ihr angstvoller Blick zeigte, was immer für Absichten sie auch gehabt hatte, welchen Mut sie auch immer aufbringen wollte – alles hatte sich restlos aufgelöst.

»Ihr beide fahrt jetzt nach Hause, Daisy«, sagte Tom. »Mit Mr. Gatsbys Wagen.«

Sie sah Tom beunruhigt an, doch in großmütigem Hohn bestand er darauf.

»Geh nur. Er wird dich in Ruhe lassen. Ich denke, er hat begriffen, dass sein anmaßender kleiner Flirt zu Ende ist.«

Sie waren gegangen, wortlos, ausgeknipst, degradiert, isoliert, wie Geister, selbst unser Mitleid änderte nichts daran

Nach einem Moment stand Tom auf und begann die ungeöffnete Whiskeyflasche in das Tuch zu rollen.

»Wollt ihr was von dem Zeug? Jordan? … Nick?«

Ich antwortete nicht.

»Nick?« Er fragte noch einmal.

»Was?«

»Willst du?«

»Nein … Mir ist nur eben eingefallen, dass heute mein Geburtstag ist.«

Ich war dreißig. Vor mir lag die unheilvolle, bedrohliche Strecke eines neuen Jahrzehnts.

Es war sieben Uhr, als wir mit ihm ins Coupé stiegen und uns auf den Weg nach Long Island machten. Tom redete ohne Pause, jubelte, lachte, doch seine Stimme war Jordan und mir so fern wie das ferne Lärmen auf den Gehwegen draußen oder das Gepolter des Highways über uns. Menschliches Mitgefühl hat seine Grenzen, und wir wollten all diese tragischen Streitereien mit den Lichtern der Stadt hinter uns lassen. Dreißig – das verhieß ein Jahrzehnt der Einsamkeit, eine sich ausdünnende Liste Junggesellen im Freundeskreis, dünner werdende Leidenschaften, dünnere Haarpracht. Doch da war Jordan neben mir, die, anders als Daisy, zu gescheit war, um alte, wohlvergessene Träume in ihrem Leben mitzuschleppen. Als wir die dunkle Brücke passierten, sank ihr blasses Gesicht müde auf das Schulterpolster meines Jacketts, und der beachtliche Schock der Dreißig verging mit dem beruhigenden Druck ihrer Hand.

So fuhren wir weiter, dem Tod entgegen, durch das kühler werdende Dämmerlicht.

Der junge Grieche Michaelis, der den Imbiss neben den Aschehügeln betrieb, war der Hauptzeuge bei der Untersuchung. Er hatte mit einem Mittagsschläfchen die Hitze ausgetrickst, war dann um fünf Uhr zur Autowerkstatt hinüber geschlendert und hatte George Wilson krank in seinem Büro vorgefunden – wirklich krank, bleich wie sein ausgebleichtes Haar und am ganzen Leib zitternd. Michaelis sagte, er solle sich ins Bett legen, aber Wilson wollte nicht, sonst würde ihm zu viel Geschäft entgehen. Während sein Nachbar ihn noch überzeugen wollte, brach über ihnen ein gewaltiger Radau los.

»Ich hab meine Frau oben eingesperrt«, erklärte Wilson ruhig. »Da bleibt sie bis Übermorgen, und dann ziehen wir weg von hier.«

Michaelis war verblüfft; seit vier Jahren waren sie Nachbarn, und Wilson schien niemals im geringsten zu solch einer Aktion fähig zu sein. Im Großen und Ganzen war er einer dieser ausgelaugten Männer. Wenn er nichts zu tun hatte, saß er auf einem Stuhl am Eingang und starrte auf die Leute und Autos, die die Straße entlang kamen. Wann immer ihn jemand ansprach, lachte er monoton auf seine unverbindliche, farblose Art. Er gehörte ganz seiner Frau, nicht sich selbst.

Natürlich versuchte Michaelis herauszufinden, was passiert war, aber Wilson wollte nichts sagen – stattdessen fing er an, neugierige, argwöhnische Blicke auf seinen Besucher zu richten und fragte, was er dann und dann an diesem und jenem Tag gemacht habe. Gerade als es dem anderen langsam ungemütlich zu werden begann, gingen einige Arbeiter an der Tür vorbei, auf dem Weg zu seinem Lokal, und Michaelis nutzte die Gelegenheit, sich davonzumachen, er würde dann später wiederkommen. Doch das tat er nicht. Er habe es schlicht vergessen, gab er an. Erst als er um kurz nach sieben erneut ins Freie trat, erinnerte er sich daran, als er schon Mrs. Wilsons Stimme laut und zeternd unten in der Werkstatt hörte.

»Schlag mich doch!«, hörte er sie kreischen. »Wirf mich zu Boden und schlag mich, du dreckiger kleiner Feigling!«

Im nächsten Augenblick rannte sie hinaus in die Dämmerung, schreiend und wild gestikulierend – und noch ehe er sich vom Fleck rühren konnte, war alles vorbei.

Der »Todeswagen«, wie die Zeitungen in später nannten, hielt nicht an; er kam aus der zunehmenden Dunkelheit, schlingerte einen Moment unheilbringend und verschwand dann hinter der nächsten Kurve. Michaelis konnte nicht einmal die Farbe genau bezeichnen – dem ersten Polizisten sagte er, er sei hellgrün gewesen. Der andere Wagen, der in Richtung New York unterwegs gewesen war, kam nach rund hundert Metern zum Stehen, und sein Fahrer hastete zurück zu der Stelle, wo Myrtle Wilson, gewaltsam aus dem Leben gerissen, ausgelöscht, bäuchlings auf der Straße lag und sich ihr dickes dunkles Blut mit dem Staub mischte.

Michaelis und dieser Mann erreichten sie als erste, doch als sie ihr die immer noch schweißfeuchte Bluse aufgerissen hatten, sahen sie, dass ihre linke Brust lose wie ein Lappen herunterhing und es sinnlos war, nach dem Herzschlag darunter zu horchen. Ihr Mund war weit geöffnet und an den Winkeln leicht eingerissen, so als hätte sie sich würgend gewehrt, die ungeheure Vitalität aufzugeben, die sie so lange ausgezeichnet hatte.

Schon aus der Entfernung sahen wir drei oder vier Automobile und eine Menschenansammlung.

»Blechschaden!«, sagte Tom. »Gut so. So hat Wilson endlich ein bisschen Geschäft.«

Er fuhr langsamer, ohne die Absicht, anzuhalten – bis wir näher heran waren und ihn die verstummten, angespannten Gesichter der Leute, die an der Werkstatttür standen, automatisch auf die Bremse treten ließen.

»Wir sehen uns das mal an«, sagte er zaghaft, »nur ganz kurz.«

Ich bemerkte jetzt ein hohles, wimmerndes Geräusch, das unablässig aus der Werkstatt drang. Laute, die sich, als wir aus dem Coupé stiegen und auf die Tür zugingen, in die Worte »O mein Gott!« auflösten, wieder und wieder keuchend hervor gepresst.

»Hier ist irgendetwas Übles passiert«, sagte Tom aufgeregt.

Er stellte sich auf die Zehenspitzen und spähte über ein Ansammlung von Köpfen hinweg in die Werkstatt, die nur von einer gelben Lampe in einem von der Decke baumelnden Drahtkorb beleuchtet war. Dann stieß seine Kehle einen heiseren Laut aus, und mit heftigen Stößen seiner kraftvollen Arme schob er sich durch die Menge.

Der Kreis schloss sich hinter ihm, unter empörtem Gemurmel; erst eine Minute später konnte auch ich etwas sehen. Neuankömmlinge drängten sich von hinten dazu und Jordan und ich wurden plötzlich in die Mitte geschoben.

Myrtle Wilsons Leiche, eingewickelt in eine Decke, und von einer zweiten umhüllt, als litte sie in dieser heißen Nacht unter Schüttelfrost, lag auf einer Werkbank an der Wand, und Tom, mit dem Rücken zu uns, war regungslos über sie gebeugt. Neben ihm stand ein Motorradpolizist und kritzelte schwitzend und umständlich Namen in ein kleines Buch. Zuerst konnte ich die Quelle der schrillen, herausgepressten Worte, die lärmend durch die kahle Werkstatt hallten, nicht ausmachen – dann sah ich Wilson, der auf der leicht erhöhten Schwelle seines Büros stand, sich mit beiden Händen am Türrahmen festhielt, und hin- und her schwankte. Ein Mann redete beruhigend auf ihn ein und versuchte von Zeit zu Zeit, ihm eine Hand auf die Schulter zu legen, doch Wilson hörte und sah nichts. Sein Blick senkte sich immer wieder langsam von der schaukelnden Lampe hin zur beladenen Werkbank an der Wand und zuckte dann zur Lampe zurück, und unaufhörlich ertönte sein schriller, schrecklicher Ruf:

»O mein Go-ott! O mein Go-ott! O Go-ott! O mein Go-ott!«

Ruckartig hob Tom seinen Kopf, und nachdem er sich mit glasigem Blick in der Werkstatt umgeschaut hatte, murmelte er unverständliches Gestammel in Richtung des Polizisten.

»M-a-v-...«, notierte der Polizist gerade, » – o –...«

»Nein, – r – «, korrigierte sich der Mann, »M-a-v-r-o-...«

»Hören Sie mir zu!«, murmelte Tom bitter.

»r –...«, sagte der Polizist, » o –...«

»g –...«

»g – ...« Er schaute auf, als Toms breite Hand ihm schwer auf die Schulter fiel. »Was wollen Sie, Mann?«

»Was passiert ist, will ich wissen.«

»Vom Auto überfahrn. Sofort tot.«

»Sofort tot«, wiederholte Tom, vor sich hin starrend.

»Sie is inne Straße rein gelaufen. Der Hundesohn hat nich mal gehalten.«

Zwei Autos war'n da«, sagte Michaelis, »eins hier lang, eins da lang, verstehn Sie?«

»Wo lang genau?«, fragte der Polizist eifrig.

»Na, eins in jede Richtung, dorthin und dahin. Tja, und sie ...« – seine Hand bewegte sich in Richtung der Leichendecken, hielt aber auf halbem Weg inne und pendelte zurück – »... sie rennt da raus, und das eine, das von N'York kommt, knallt mit dreißig, vierzig Meilen die Stunde direkt in sie rein.«

»Der Name von dem Ort hier?«, forschte der Beamte.

»Hat keinen Namen.«

Ein bleicher, gut gekleideter Schwarzer kam heran.

»Es war ein gelber Wagen«, sagte er, »ein großer gelber Wagen. Ganz neu.«

»Ham Se den Unfall gesehn?«, fragte der Polizist.

»Nein, aber der Wagen ist dort vorne an mir vorbeigerauscht, mit mehr als vierzig Sachen. Fünfzig oder sechzig vielleicht.«

»Kommen Sie her, ich brauch Ihren Namen. Machen Sie Platz. Ich will seinen Namen notieren.«

Einige Fetzen dieses Gesprächs drangen wie's scheint zu Wilson, der noch immer in der Bürotür schwankte, denn plötzlich lag ein neuer Klang in seinem erstickten Heulen:

»Sie brauchen mir nicht zu sagen, was für'n Wagen das war! Ich weiß, was für'n Wagen das war!«

Als ich zu Tom blickte, sah ich, wie sich die Muskelpakete seiner Schultern unter dem Jackett strafften. Er ging schnell zu Wilson hinüber, baute sich direkt vor ihm auf und packte ihn hart an den Oberarmen.

»Sie müssen sich zusammenreißen«, sagte er mit drängender Schroffheit.

Wilsons Blick richtete sich auf Tom; er wollte hoch auf die Zehenspitzen, wäre dabei aber sicher zusammengebrochen, wenn Tom ihn nicht aufrecht gehalten hätte.

»Hören Sie zu«, sagte Tom und schüttelte ihn ein wenig. »Ich bin gerade vor einer Minute aus New York hier angekommen. Ich wollte Ihnen dieses Coupé bringen, über das wir gesprochen haben. Der gelbe Wagen, den ich heute Nachmittag gefahren bin, das ist nicht meiner – hören Sie? Ich hab ihn den ganzen Nachmittag über nicht gesehen.«

Nur der Schwarze und ich waren nahe genug dran, um zu hören, was Tom sagte, aber der Polizist bemerkte wohl etwas in seinem Tonfall und schaute kritisch herüber.

»Was ist da los?«, fragte er fordernd.

»Ich bin ein Bekannter von ihm.« Tom schaute herüber, behielt Wilsons Körper aber fest im Griff. »Er sagt, er kennt das Unfallauto ... es war ein gelber Wagen.«

Aus irgendeinem unbestimmten Impuls heraus schaute der Polizist Tom argwöhnisch an.

»Was für 'ne Farbe hat denn Ihr Auto?«

»Es ist ein blauer Wagen, ein Coupé.«

»Wir kommen gerade direkt aus New York«, sagte ich.

Jemand, der in kurzer Entfernung hinter uns gefahren war, bestätigte das, und der Polizist wandte sich ab.

»Also, wenn Sie mir jetzt noch mal korrekt Ihren Namen sagen …«

Wilson wie eine Puppe hochhebend, verfrachtete Tom ihn ins Büro, setzte ihn auf einen Stuhl und kam zurück.

»Kann bitte jemand herkommen und sich zu ihm setzen«, blaffte er herrisch. Er starrte so lange, bis die beiden Männer, die am nächsten standen, einen Blick wechselten und widerwillig in den Raum gingen. Dann schloss Tom hinter ihnen die Tür, trat über die einzelne Stufe und vermied dabei den Blick zur Werkbank. Als er dicht an mir vorbeiging, flüsterte er: »Los, weg hier!«

Selbstbewusst bahnte er uns mit seinen gebieterischen Armen den Weg durch die noch immer anwachsende Menge, vorbei an einem herbeieilenden Arzt mit Arztkoffer, den man in verzweifelter Hoffnung vor einer halben Stunde gerufen hatte.

Tom fuhr langsam bis hinter die nächste Kurve – dann trat er das Gaspedal durch, und das Coupé begann durch die Nacht zu schießen. Nach einer Weile hörte ich ein leises, heiseres Schluchzen und sah, dass ihm die Tränen in Strömen übers Gesicht liefen.

»Dieser gottverdammte Feigling!«, wimmerte er. »Er hat nicht mal angehalten.«

Das Haus der Buchanans driftete uns plötzlich durch die dunklen, raschelnden Bäume entgegen. Tom hielt neben der Veranda und sah hinauf zum zweiten Stock, wo zwischen den Reben zwei Fenster hervorleuchteten.

»Daisy ist zu Hause«, sagte er. Als wir aus dem Wagen stiegen, warf er mir einen Blick zu und verzog leicht die Stirn.

»Ich hätte dich in West Egg absetzen sollen, Nick. Heute Nacht können wir sowieso nichts mehr tun.«

Eine Veränderung hatte ihn erfasst, und er redete ernst und entschlossen. Als wir über den mondbeschienenen Kiesweg zur Veranda gingen, ordnete er mit ein paar knappen Sätzen die Sachlage.

»Ich rufe dir ein Taxi, das dich nach Hause bringt, aber während ihr wartet, gehst du mit Jordan am besten in die Küche, dort lasst ihr euch etwas zu essen geben – wenn ihr wollt.« Er öffnete die Tür. »Kommt rein.«

»Nein, danke. Aber es wäre gut, wenn du mir das Taxi rufen würdest. Ich warte draußen.«

Jordan legte mir eine Hand auf den Arm.

»Willst du nicht reinkommen, Nick?«

»Nein, danke.«

Mir war einigermaßen übel, und ich wollte allein sein. Doch Jordan zögerte noch einen Augenblick.

»Es ist erst halb zehn«, sagte sie.

Um keinen Preis würde ich hinein gehen; für diesen Tag hatte ich genug von ihnen allen, und plötzlich schloss das auch Jordan mit ein. Sie muss das wohl aus meinem Blick herausgelesen haben, denn schnell drehte sie sich um und lief die Verandatreppe hinauf ins Haus. Ich setzte mich für ein paar Minuten, den Kopf in die Hände gestützt, bis ich hörte, wie drinnen das Telefon abgenommen wurde und der Butler ein Taxi rief. Dann ging ich langsam ich die Einfahrt hinunter, weg vom Haus, um beim Tor zu warten.

Nach kaum zwanzig Metern hörte ich meinen Namen, und Gatsby kam zwischen zwei Büschen heraus auf den Weg. In diesem Moment war ich wohl heftig verwirrt, denn mir ging nichts anderes im Kopf um, als das Leuchten seines rosa Anzugs im Mondschein.

»Was machen Sie hier?«, erkundigte ich mich.

»Einfach hier stehen, alter Knabe.«

Irgendwie schien mir das eine zweifelhafte Beschäftigung zu sein. Nach allem, was ich nun über ihn wusste, konnte er jeden Moment das Haus ausrauben; es hätte mich nicht überrascht, hinter ihm im dunklen Gebüsch finstere Gesichter, die Gesichter von ›Wolfsheims Leuten‹ zu sehen.

»Gab es auf der Straße irgendwelche Probleme?«, fragte er nach einer Weile.

»Ja.«

Er zögerte.

»Ist sie tot?«

»Ja.«

»Dachte ich mir; und das habe ich Daisy gleich gesagt. Es ist besser, wenn der Schock gleich mit voller Wucht kommt. Sie hat es ziemlich gut verkraftet.«

Er sprach, als wäre Daisys Reaktion das Einzige, was in diesem Moment wichtig war.

»Ich habe eine Nebenstraße nach West Egg genommen«, fuhr er fort, »und den Wagen in meine Garage gestellt. Ich glaube, niemand hat uns gesehen, aber ich bin mir nicht sicher.«

Ich empfand inzwischen so eine Abneigung gegen ihn, dass ich es nicht für nötig hielt, ihn darüber aufzuklären dass er sich irrte.

»Wer war die Frau?«, fragte er.

»Sie heißt Wilson. Ihrem Mann gehört die Werkstatt. Wie zum Teufel ist das passiert?«

»Nun, ich habe noch versucht, das Lenkrad herumzureißen …« Er stockte, und plötzlich dämmerte mir die Wahrheit.

»Ist Daisy gefahren?«

»Ja«, sagte er nach einem Moment, »aber natürlich werde ich sagen, ich war's. Sehen Sie, als wir aus New York abfuhren, war sie sehr nervös, und sie dachte, das Fahren würde sie beruhigen – diese Frau kam plötzlich herausgerannt, als gerade ein entgegenkommendes Auto an uns vorbeifuhr. Alles passierte blitzschnell, aber es kam mir vor, als hielte sie uns für einen Bekannten, mit dem sie reden wollte. Daisy lenkte den Wagen erst von der Frau weg und auf das andere Auto zu, aber dann verlor sie die Nerven und lenkte zurück. Noch in derselben Sekunde, als ich ins Lenkrad griff, spürte ich schon den Aufprall – sie muss sofort tot gewesen sein.«

»Es riss ihr die –«

»Ich will's nicht wissen, alter Knabe.« Er zuckte zusammen. »Jedenfalls – Daisy trat aufs Gas. Ich wollte sie zum Anhalten bewegen, aber sie konnte es einfach nicht, also zog ich die Handbremse. Dann kippte sie herüber, in meinen Schoß, und ich fuhr weiter.

Morgen geht's vielleicht schon besser«, sagte er unmittelbar darauf. »Ich warte hier nur, um zu sehen, ob er sie wegen der Unerfreulichkeit dieses Nachmittags behelligt. Sie hat sich in ihrem Zimmer eingeschlossen, und wenn er auf irgendeine Weise gewalttätig wird, schaltet sie das Licht aus und wieder ein.«

»Er wird sie nicht anrühren«, sagte ich. »Er denkt im Moment nicht an sie.«

»Ich traue ihm nicht, alter Knabe.«

»Wie lange wollen Sie hier warten?«

»Die ganze Nacht, wenn nötig. Jedenfalls bis alle im Bett sind.«

Mir kam plötzlich ein neuer Gedanke. Angenommen, Tom würde herausbekommen, dass Daisy gefahren war. Er könnte vermuten, es gibt da einen Zusammenhang – er könnte alles Mögliche vermuten. Ich schaute zum Haus hinüber; unten waren zwei oder drei Fenster hell erleuchtet, darüber, im ersten Stock, glimmte ein rosa Schein aus Daisys Zimmer.

»Warten Sie hier«, sagte ich. »Ich sehe nach, ob es irgendwelche Anzeichen eines Streits gibt.«

Am Rand des Rasens entlang ging ich zurück, überquerte sorgsam den Kiesweg und stieg auf Zehenspitzen die Verandastufen hoch. Die Salonvorhänge waren geöffnet, und ich sah, dass der Raum leer war. Quer über die Veranda schleichend, auf der wir an jenem Juniabend vor drei Monaten gegessen hatten, kam ich zu einem kleinen Rechteck aus Licht – es war vermutlich das Fenster des Anrichtezimmers. Die Jalousie war heruntergezogen, aber unten beim Fensterbrett fand ich einen Spalt.

Daisy und Tom saßen einander gegenüber am Küchentisch, zwischen sich einen Teller mit kaltem gebratenem Huhn, daneben zwei Flaschen Ale. Er redete über den Tisch hinweg intensiv auf sie ein, und in seiner Ernsthaftigkeit hatte sich seine Hand auf die ihre gesenkt und sie ganz bedeckt. Ab und zu blickte sie zu ihm auf und nickte zustimmend.

Sie waren nicht glücklich, und keiner hatte das Huhn und das Ale auch nur angerührt – aber richtig unglücklich schienen sie auch nicht zu sein. Es lag ein unverkennbarer Hauch natürlicher Vertrautheit in dieser Szene, und wohl jeder hätte hier erkannt, dass die beiden sich gerade auf etwas einschwörten.

Als ich von der Veranda schlich, hörte ich, wie mein Taxi sich gerade langsam den dunklen Weg in Richtung Haus voran tastete. Gatsby wartete in der Auffahrt, dort wo ich ihn hatte stehen lassen.

»Ist alles ruhig da oben?«, fragte er besorgt.

»Ja, alles ruhig.« Ich zögerte. »Sie sollten besser mit nach Hause kommen und versuchen, ein wenig zu schlafen.«

Er schüttelte den Kopf.

»Ich möchte hier warten, bis Daisy zu Bett geht. Gute Nacht, alter Knabe.«

Er schob seine Hände in die Jackentaschen und wandte sich beflissen wieder der Beobachtung des Hauses zu, als ruiniere meine Anwesenheit das heilige Ritual seiner Nachtwache. So ging ich davon und ließ ihn dort im Mondschein zurück – wachend über nichts.

KAPITEL 8

ICH KONNTE DIE GANZE NACHT lang nicht schlafen; ein Nebelhorn stöhnte pausenlos über den Sund, und ich wälzte mich halbkrank zwischen der grotesken Wirklichkeit und wilden Angstträumen hin und her. Kurz vor Tagesanbruch hörte ich ein Taxi in Gatsbys Auffahrt hinauffahren, und sofort sprang ich aus dem Bett und zog mich an – es kam mir vor, als müsste ich ihm etwas sagen, ihn vor etwas warnen, und nach Tagesanbruch wäre es dafür zu spät.

Als ich über seinen Rasen ging, sah ich, dass die Vordertür noch offen stand und er in der Halle an einem Tisch lehnte, niedergedrückt von Mutlosigkeit oder Müdigkeit.

»Es ist nichts passiert«, sagte er matt. »Ich wartete, und etwa um vier Uhr kam sie ans Fenster und stand dort für eine Minute, dann löschte sie das Licht.«

Sein Haus war mir nie so riesig vorgekommen wie in jener Nacht, als wir die geräumigen Zimmer nach Zigaretten durchforsteten. Wir schoben Vorhänge, groß wie Pavillons, beiseite und tasteten sich endlos hinziehende dunkle Wände nach Lichtschaltern ab – einmal stolperte ich und landete krachend auf den Tasten eines schemenhaften Klaviers. Überall lag unbeschreiblich viel Staub, und die Zimmer rochen muffig, weil sie seit Tagen nicht gelüftet worden waren. Auf irgendeinem Tisch fand ich den Humidor mit zwei alten, ausgetrockneten Zigaretten darin. Wir stießen die bodentiefen Türen des Salons auf, setzten uns und rauchten hinaus in die Dunkelheit.

»Sie sollten weg von hier«, sagte ich. »Es ist ziemlich sicher, dass man Ihren Wagen ausfindig machen wird.«

»Weg von hier, *jetzt*, alter Knabe?«

»Fahren Sie für eine Woche nach Atlantic City oder rauf nach Montreal.«

Er zog es nicht einmal in Betracht. Er konnte Daisy auf keinen Fall hier zurücklassen, ehe er nicht wusste, was sie tun würde. Er klammerte sich an eine allerletzte Hoffnung, und ich brachte es nicht fertig, ihn daraus wachzurütteln.

In dieser Nacht erzählte er mir die sonderbare Geschichte seiner Jugend bei Dan Cody – erzählte sie mir, weil *›Jay Gatsby‹* an Toms harter Bosheit wie Glas zerborsten, und der lang gehegte fantastische Traum damit ausgeträumt war. Ich glaube, er hätte jetzt alles auf sich genommen, rückhaltlos, aber er wollte über Daisy sprechen.

Sie war das erste »feine« Mädchen, das er kennengelernt hatte. Bei verschiedenen Anlässen war er bereits mit ihresgleichen in Kontakt gekommen, aber immer trennte ihn ein unsichtbarer Stacheldraht. Er fand sie auf erregende Weise anziehend. Er besuchte sie in ihrem Haus, zunächst mit anderen Offizieren aus Camp Taylor, später dann alleine. Es überwältigte ihn – nie zuvor war er in einem derart prächtigen Haus gewesen. Aber was dem Haus eine Aura atemloser Spannung gab, war einzig, dass Daisy dort lebte – und für sie war das alles so alltäglich wie für ihn sein Zelt draußen im Lager. Ein geheimnisvoller Hauch ging davon aus, eine Ahnung von kühlen, prächtigen Schlafzimmern im oberen Stock, erfrischender als andere Schlafzimmer, von ausgelassenem, heiterem Treiben auf den Fluren und von Romanzen, die nicht muffig oder in Lavendel erstickt waren, sondern frisch und luftig, nach den neuesten glänzenden Autos duftend; und nach Bällen, deren herab gefallener Blütenschmuck noch nicht einmal zu welken begann. Es erregte ihn auch, dass Daisy bereits von vielen Männern begehrt worden war – in seinen Augen steigerte das ihren Wert. Er spürte deren Gegenwart überall ums Haus, eine Präsenz, die die Luft mit den Schatten und dem Echo noch immer vibrierender Leidenschaften erfüllte.

Aber ihm war auch klar, dass er nur durch einen kolossalen Zufall in Daisys Haus gekommen war. Wie glorreich seine Zukunft als Jay Gatsby auch sein mochte, jetzt war er nur ein mittelloser junger Mann ohne Vergangenheit, und jeden Moment konnte ihm der imaginäre Schutz seiner Uniform von den Schultern rutschen. Also nutzte er die Zeit, so gut es ging. Er nahm, was er kriegen konnte, heißhungrig und skrupellos – und irgendwann in einer stillen Oktobernacht nahm er sich auch Daisy, nahm sie, gerade weil er eigentlich nicht einmal das Recht hatte, ihre Hand zu berühren.

Er hätte sich selbst dafür anklagen können, denn zweifellos hatte er sie unter Vorspiegelung falscher Tatsachen verführt. Nicht dass er seine phantasierten Millionen ins Spiel gebracht hätte, aber er hatte Daisy vorsätzlich ein Gefühl der Sicherheit gegeben; er hatte sie glauben lassen, dass er so ungefähr der gleichen gesellschaftlichen Schicht entstamme wie sie selbst – dass er voll und ganz in der Lage sei, für sie zu sorgen. In Wirklichkeit hatte er nicht die geringsten Mittel dazu – keine wohlhabende Familie stand hinter ihm, und ganz nach Willkür einer übergeordneten Macht konnte er jederzeit in jeden Winkel der Welt geweht werden.

Aber er klagte sich nicht an, und nichts kam so, wie er es sich vorgestellt hatte. Vielleicht hätte er sich nur nehmen sollen, was er kriegen konnte, und dann weiterziehen – doch er merkte nun, dass er sich der Suche nach einem Gral verschrieben hatte. Dass Daisy eine außergewöhnliche Frau war, wusste er, aber er wusste noch nicht, wie ganz außergewöhnlich so ein »feines« Mädchen tatsächlich sein konnte. Sie verschwand in ihrem reichen Haus, in ihr reiches, üppiges Leben und ließ Gatsby hinter sich – mit nichts. Er aber fühlte sich wie verheiratet mit ihr, das war es.

Als sie sich zwei Tage später wieder trafen, war Gatsby der Atemlose, der sich irgendwie betrogen fühlte. Daisys Veranda erstrahlte im Luxus gekauften Sternenlichts; das Weidengeflecht der Sitzbank knarzte vornehm, als sie sich zu ihm wandte und er ihren neugierigen, reizenden Mund küsste. Sie hatte sich erkältet, so dass ihre Stimme vibrierender und betörender klang denn je, und Gatsby war überwältigt von der Jugend und dem Geheimnis, die der Reichtum umfängt und bewahrt, von der Frische der vielen Kleider und von Daisy, silberstrahlend, behütet und erhaben über die hitzigen Anstrengungen der armen Schicht.

»Ich kann Ihnen nicht beschreiben, wie überrascht ich war, als ich spürte, dass ich sie liebte, alter Knabe. Eine Zeit lang hoffte ich sogar, sie würde mich über Bord werfen, aber das tat sie nicht, weil sie sich auch in mich verliebt hatte. Sie dachte, ich kenne mich mit einer Menge Sachen aus, weil ich andere Dinge wusste, als sie selbst … Tja, da stand ich nun, meilenweit von meinen Plänen entfernt, mit jeder Minute heftiger verliebt, und mit einem Mal war mir alles andere gleichgültig. Was für einen Sinn hätte es, großartige Dinge zu unternehmen, wenn es doch viel erstrebenswerter wäre, *sie* Teil meiner Pläne werden zu lassen?«

Am letzten Nachmittag, ehe er nach Übersee musste, saß er mit Daisy in seinen Armen lange Zeit schweigend da. Es war ein kühler Herbsttag, Feuer brannte im Zimmer und ihre Wangen glühten rot. Dann und wann bewegte sie sich und er änderte sanft die Position seines Armes, und einmal küsste er ihr dunkles glänzendes Haar. Der Nachmittag hatte beide eine Zeit lang ruhig werden lassen, als wollte er ihnen eine bleibende Erinnerung schenken für die lange Trennung, die am folgenden Tag drohte. Im Monat ihrer Liebe waren sie sich nie näher gewesen als jetzt, hatten sich nie tiefer verbunden gefühlt, als sie mit stummen Lippen die Schulter seines Jacketts berührte und er über ihre Fingerkuppen strich, so sanft, als schliefe sie.

Im Krieg bewährte er sich großartig. Als Hauptmann kam er an die Front, und nach der Schlacht in den Argonnen beförderte man ihn zum Major und er erhielt das Kommando über die Maschinengewehrabteilung der Division.

Nach dem Waffenstillstand bemühte er sich fieberhaft um seine Heimkehr, aber irgendeine Komplikation oder ein Missverständnis brachte ihn stattdessen nach Oxford. Er machte sich jetzt Sorgen – denn aus Daisys Briefen war eine gewisse nervöse Verzweiflung zu lesen. Sie verstand nicht, warum er nicht kommen konnte. Sie fühlte den Druck der Konventionen, sie wollte ihn sehen, wollte seine Gegenwart spüren und sich vergewissern, dass sie bestimmt das Richtige tat.

Denn Daisy war jung, ihre künstliche Welt duftete nach Orchideen, nach angenehmen, heiterem Luxus und nach Orchestern, die den Rhythmus des Jahres bestimmten und die Sehnsüchte und kleinen Frivolitäten des Lebens in immer neue Melodien kleideten. Nächtelang sangen die Saxofone den wehmütigen *Beale Street Blues*, während hunderte Paare goldener und silberner Tanzschuhe über den schimmernden Boden glitten. Zur grauen Teestunde gab es immer auch Räume, in denen unablässig dieses düstere, süße Fieber pulsierte, und frische Gesichter schwebten mal hierhin, mal dorthin – wie von traurigen Hornklängen übers Parkett geblasene Rosenblüten.

In der Zweideutigkeit dieser Welt bewegte Daisy sich allmählich wieder im Rhythmus der Jahreszeiten; mit einem Mal hatte sie wieder jeden Tag ein halbes Dutzend Rendezvous mit einem halben Dutzend Männer; bei Tagesanbruch dämmerte sie in den Schlaf, und neben ihrem Bett verstreuten sich auf dem Boden Perlen und der Chiffon eines Abendkleids zwischen dahinwelkenden Orchideen. Und die ganze Zeit über schrie etwas in ihr nach einer Entscheidung. Sie wollte, dass ihr Leben Gestalt annahm, jetzt sofort – und die Entscheidung musste durch irgendeine unwiderstehliche Macht – sei es die Liebe, das Geld, oder schierer Pragmatismus – herbeigeführt werden.

Eine solche Macht nahm in der Mitte des Frühlings Gestalt an, als Tom Buchanan auftauchte. Seine Person und Stellung brachten eine bodenständige Wucht mit sich, und Daisy fühlte sich umschmeichelt. Zweifellos spürte sie ein gewisses Ringen gepaart mit einer gewissen Erleichterung. Der Brief erreichte Gatsby, als er noch in Oxford war.

*

Der Morgen dämmerte über Long Island und wir gingen umher, um die restlichen Fenster im Erdgeschoss zu öffnen, füllten das Haus mit zunächst grauem, dann ins Goldene wechselndem Licht. Der Schatten eines Baumes fiel scharf über den Tau, und in den blauen Blättern erhoben geistergleiche Vögel ihren Gesang. Ein leiser, angenehmer Lufthauch, kaum Wind zu nennen, regte sich und versprach einen kühlen, wunderbaren Tag.

»Ich glaube nicht, dass sie ihn je geliebt hat.« Gatsby drehte sich an einem Fenster um und sah mich herausfordernd an. »Denken Sie daran, alter Knabe, wie aufgewühlt sie den ganzen Nachmittag über war. Er sagte ihr all diese Dinge auf eine Weise, die ihr Angst machte – und die mich wie einen schäbigen kleinen Ganoven aussehen ließ. Und das Ergebnis war, dass sie kaum wusste, was sie sagte.«

Hoffnungslos setzte er sich.

»Natürlich – kann sein, dass sie ihn für einen kurzen Moment geliebt hat, als sie frisch verheiratet waren – aber auch zu dieser Zeit mich mehr liebte, verstehen Sie?«

Unvermittelt machte er eine sonderbare Bemerkung.

»Jedenfalls«, sagte er, »war das nur ganz persönlich.«

Was blieb da schon, als in seiner Vorstellung von der ganzen Sache eine Intensität zu vermuten, die grenzenlos war?

Er war aus Frankreich zurückgekehrt, als Tom und Daisy noch die Flitterwochen verbrachten und begab sich mit dem letzten Rest seines Solds auf eine trostlose, aber unwiderstehliche Reise nach Louisville. Er blieb eine Woche, ging durch Straßen, in denen ihre Schritte gemeinsam durch die Novembernacht gehallt waren, und suchte noch einmal die abgelegenen Orte auf, an die sie in ihrem weißen Wagen gefahren waren. So wie Daisys Haus ihm stets geheimnisvoller und heiterer erschienen war als andere Häuser, so war auch sein Bild der Stadt, obwohl Daisy aus ihr verschwunden war, von melancholischer Schönheit durchflutet.

Er reiste in dem Gefühl ab, er hätte Daisy dort finden können, wenn er nur gewissenhafter gesucht hätte – als ließe er sie dort zurück. In dem einfachen Abteil – er hatte jetzt keinen Penny mehr – war es heiß. Er ging hinaus auf die offene Plattform und setzte sich auf einen Klappstuhl; der Bahnhof entschwand, die Rückseiten fremder Gebäude glitten vorüber. Dann hinaus in die Frühlingsfelder, wo ein gelber Wagen ein kurzes Wettrennen lieferte, mit Leuten darin, die einst vielleicht auf irgendeiner Straße dem blassen Zauber von Daisys Gesicht begegnet waren.

Die Trasse beschrieb eine Kurve und führte nun weg von der Sonne, die sich im Niedersinken wie segnend über die schwindende Stadt breitete, dort wo Daisy einst geatmet hatte. Hoffnungslos streckte er die Hand aus, wie um wenigstens einen Lufthauch einzufangen, wenigsten ein Bruchstück jenes Ortes zu retten, den sie für ihn so zauberhaft gemacht hatte. Doch für seine verschwommenen Augen wischte nun alles zu schnell vorüber, und er wusste, dass er diese Seite der Stadt, die frischeste und beste, für immer verloren hatte.

Es war neun Uhr, als wir mit dem Frühstück fertig waren und auf die Veranda hinaustraten. Über Nacht hatte das Wetter abrupt umgeschlagen, und ein herbstlicher Hauch lag in der Luft. Der Gärtner, der einzige von Gatsbys ehemaligen Angestellten, tauchte am Fuß der Treppe auf.

»Ich will heute den Pool trockenlegen, Mr. Gatsby. Recht bald wird das Laub fallen, und dann gibt's immer Probleme mit den Rohrleitungen.«

»Machen Sie's heute noch nicht«, antwortete Gatsby. Er wandte sich entschuldigend an mich. »Wissen Sie, alter Knabe, dass ich diesen Pool den ganzen Sommer lang nie benutzt habe?«

Ich schaute auf meine Uhr und stand auf.

»Mein Zug geht in zwölf Minuten.«

Ich wollte nicht in die Stadt. Ich taugte heute zu keiner vernünftigen Arbeit, aber das alleine war es nicht – ich wollte Gatsby nicht allein lassen. Ich verpasste den Zug und auch den nächsten, ehe ich mich von dannen machte.

»Ich rufe Sie an«, sagte ich schließlich.

»Tun Sie das, alter Knabe.«

»Gegen Mittag melde ich mich.«

Wir gingen langsam die Treppe hinunter.

»Ich glaube, Daisy wird auch anrufen.« Er betrachtete mich besorgt, als erhoffe er sich von mir eine Bestätigung.

»Das denke ich auch, ja.«

»Also, bis später.«

Wir gaben uns die Hand, und ich ging davon. Kurz bevor ich die Hecke erreicht hatte, fiel mir etwas ein, und ich drehte mich um.

»Das ist ein elendes Pack«, rief ich über den Rasen. »Sie sind mehr wert als die ganze verdammte Bande zusammen.«

Ich bin heute noch froh, das gesagt zu haben. Es ist das einzige Kompliment, das ich ihm je gemacht habe, weil mir im Grunde alles an ihm von vorn bis hinten missfiel. Zuerst nickte er höflich, dann kam jenes charismatische, verständige Lächeln zum Vorschein, so als wären wir in diesem Punkt seit jeher ganz und gar einer Meinung. Sein rosa Prachtfetzen von einem Anzug erschien als heller Farbfleck vor den weißen Stufen, und ich erinnerte mich an den Abend vor drei Monaten, als ich zum ersten Mal sein ehrwürdiges Anwesen betreten hatte. Auf dem Rasen und in der Einfahrt hatten sich die

Gesichter all derer gedrängt, die über seine Zwielichtigkeit spekulierten – er aber war auf genau jenen Stufen gestanden und hatte seinen unvergänglichen Traum verborgen gehalten, als er ihnen zum Abschied zuwinkte.

Ich dankte ihm für seine Gastfreundschaft. Dafür hatten wir alle ihm stets gedankt – ich und die anderen.

»Wiedersehn«, rief ich. »Danke fürs Frühstück, Gatsby.«

In der Stadt quälte ich mich eine Weile durch eine nicht enden wollende Liste von Aktienkursen, dann schlief ich auf meinem Drehstuhl ein. Kurz vor Mittag weckte mich das Telefon, und hochschreckend, fühlte ich, wie sich Schweiß auf meiner Stirn ausbreitete. Es war Jordan Baker; sie rief mich oft um diese Zeit an, weil ihr unberechenbar Tagesablauf zwischen Hotels, Clubs und Privathäusern es kaum zu einer anderen Zeit zuließ. Normalerweise klang ihre Stimme so frisch und kühl durch die Leitung, als wäre ein Rasenstück eines kühlen Küstengolfplatzes durch das Bürofenster zu mir herein gesegelt, aber an diesem Morgen klang sie hart und trocken.

»Ich bin bei Daisy ausgezogen«, sagte sie. »Jetzt bin ich in Hempstead, und am Nachmittag fahre ich runter nach Southampton.«

Wahrscheinlich war es rücksichtsvoll gewesen, bei Daisy auszuziehen, aber es ärgerte mich dennoch, und was sie dann sagte, ließ mich starr werden.

»Du warst gestern Abend nicht besonders nett zu mir.«

»Hätte es denn etwas geändert?«

Kurzes Schweigen. Dann:

»Wie dem auch sei – ich möchte dich sehen.«

»Ich möchte dich auch sehen.«

»Wie wär’s, wenn ich nicht nach Southampton fahre und stattdessen heute Nachmittag in die Stadt käme?«

»Nein – heut’ Nachmittag besser nicht.«

»Wie du willst.«

»Es geht heute Nachmittag nicht. Es gibt da …«

Eine Weile redeten wir so hin und her, und plötzlich hörten wir auf zu reden. Ich weiß nicht, wer von uns beiden mit einem scharfen Klicken den Hörer auflegte, aber ich weiß, es machte mir nichts aus. An jenem Tag konnte ich einfach nicht bei einer Tasse Tee mit ihr plaudern, selbst wenn das bedeutete, dass ich in meinem ganzen Leben nie wieder mit ihr plaudern würde.

Ein paar Minuten später rief ich Gatsby an, doch es war besetzt. Ich versuchte es viermal; schließlich meldete sich verärgert die Telefonzentrale und teilte mir mit, die Leitung müsse für ein Ferngespräch mit Detroit frei gehalten werden. Ich nahm meinen Fahrplan heraus und zog einen kleinen Kreis um den Drei-Uhr-fünfzig-Zug. Dann lehnte ich mich in meinem Stuhl zurück und versuchte nachzudenken. Es war gerade zwölf Uhr.

Als mein Zug an jenem Morgen an den Aschehügeln vorbeifuhr, saß ich absichtlich auf der anderen Seite des Abteils. Denn ich glaube, dass sich dort den ganzen Tag über eine Menge Neugieriger herumtrieb, mit kleinen Jungs, die im Staub nach dunklen Flecken suchten und daneben irgendein redseliger Mensch, der wieder und wieder erzählte, was passiert war, bis es schließlich ihm selbst immer weniger real erschien, und er es nicht nochmal erzählen konnte, und Myrtle Wilsons tragisches Ende vergessen war. – Ich gehe jetzt ein kleines Stück zurück und erzähle, was in der Werkstatt geschah, nachdem wir sie am Abend zuvor verlassen hatten.

Zunächst war es schwierig, Catherine, die Schwester, ausfindig zu machen. Sie hatte anscheinend an diesem Abend ihren Vorsatz keinen Alkohol mehr zu trinken fallen gelassen, denn als sie ankam, war sie sturzbetrunken und unfähig zu begreifen, dass der Krankenwagen bereits auf dem Weg nach Flushing war. Als man es ihr endlich klargemacht hatte, fiel sie auf der Stelle in Ohnmacht, als wäre das der schlimme Teil der Geschichte. Irgendjemand setzte sie aus Freundlichkeit oder Neugier in sein Auto und fuhr sie zur Totenwache beim Leichnam ihrer Schwester.

Bis weit nach Mitternacht wogte eine wechselnde Menschenmasse gegen die Stirnseite der Werkstatt, während George Wilson sich drinnen auf der Couch vor und zurück wälzte. Eine Zeit lang stand die Tür zum Büro offen, und jeder, der die Werkstatt betrat, warf unweigerlich einen Blick hinein. Schließlich sagte jemand, das sei eine Schande, und schloss die Tür. Michaelis und ein paar andere Männer waren bei ihm; zuerst vier oder fünf, später zwei oder drei. Und nach einer Weile musste Michaelis den letzten Verbliebenen bitten, noch fünfzehn Minuten dazubleiben, während er zu sich rüber ging und eine Kanne Kaffee kochte. Danach blieb er bis zum Morgengrauen mit Wilson alleine.

Gegen drei Uhr veränderte sich Wilsons unverständliches Gemurmel – er wurde ruhiger und begann, über den gelben Wagen zu reden. Er verkündete, dass er schon herausfinden werde, wem der Wagen gehöre, und dann platzte es aus ihm heraus, dass seine Frau ein paar Monate zuvor mit verwüstetem Gesicht und geschwollener Nase aus der Stadt zurückgekehrt war.

Doch als er sich das sagen hörte, zuckte er zusammen und verfiel aufs Neue mit ächzender Stimme in sein klagendes »O mein Gott!«. Michaelis unternahm einen kläglichen Versuch, ihn abzulenken.

»Wie lange bist du nun schon verheiratet, George? Na komm schon, versuch mal, einen Augenblick still zu sitzen und rede mit mir. Wie lange bist du nun schon verheiratet?«

»Zwölf Jahre.«

»Je Kinder gehabt? Na komm schon, George, beruhig dich – ich hab dich was gefragt. Hast du jemals Kinder gehabt?«

Harte braune Käfer prallten pausenlos gegen die schwache Lampe, und wann immer Michaelis draußen ein Auto die Straße entlang rasen hörte, klang es für ihn genauso, wie der Wagen, der ein paar Stunden zuvor einfach weitergefahren war. Er mochte nicht in die Werkstatt gehen, weil dort auf der blutbefleckten Werkbank die Leiche gelegen hatte, und so ging er nervös im Büro auf und ab – noch vor Tagesanbruch kannte er jeden Gegenstand im Raum –, setzte sich von Zeit zu Zeit neben Wilson und versuchte, ihn weiter zu beruhigen.

»Gibt's irgendeine Kirche, in die du ab und zu gehst, George? Auch wenn du vielleicht schon lange nicht da warst? Vielleicht könnte ich die Kirche anrufen und einen Priester bitten herzukommen, um mit dir zu reden, weißt du?«

»Bin in keiner.«

»Du solltest aber 'ne Kirche haben, George, für Zeiten wie diese. Du musst doch irgendwann mal zur Kirche gegangen sein. Hast du nicht in 'ner Kirche geheiratet? Hör zu, George, hör mir zu. Hast du nicht in einer Kirche geheiratet?«

»Das ist lange her.«

Die Anstrengung, die ihn das Antworten kostete, brachte ihn aus dem Rhythmus, in dem er schwankte – und er schwieg für einen Moment. Dann stand erneut jener halb wissende, halb irre Blick in seinen verblassten Augen.

»Schau in die Schublade da«, sagte er und zeigte auf den Schreibtisch.

»In welche?«

»Diese Schublade – dort drüben.«

Michaelis öffnete die Schublade, die ihm am nächsten war. Es lag nichts darin als eine kurze, teure Hundeleine aus Leder und geflochtenem Silber. Sie war offensichtlich neu.

»Die?«, fragte er und hielt sie hoch.

Wilson starrte vor sich hin und nickte.

»Die hab ich gestern Nachmittag gefunden. Sie wollte mir eine Geschichte dazu auftischen, aber ich wusste sofort, dass da was faul war.«

»Du meinst, deine Frau hat das Ding gekauft?«

»Es lag in Seidenpapier eingewickelt auf ihrer Kommode.«

Michaelis konnte nichts Seltsames daran finden, und er nannte Wilson ein Dutzend Gründe, weshalb seine Frau die Hundeleine gekauft haben könnte. Aber es war anzunehmen, dass Wilson einige dieser Erklärungen bereits von Myrtle gehört hatte, denn er verfiel wieder in sein »O mein Gott!«, diesmal flüsternd – und sein Tröster ließ es bleiben, weitere Gründe aufzuzählen.

»Dann hat er sie umgebracht«, sagte Wilson. Plötzlich klappte sein Mund nach unten.

»Wer?«

»Das krieg ich schon noch raus.«

»Du siehst Gespenster«, sagte sein Freund. »Das alles hat dir mächtig zugesetzt, und du weißt nicht, was du da redest. Am besten, du versuchst, bis zum Morgen ruhig hier zu sitzen.«

»Er hat sie getötet.«

»Es war ein Unfall, George.«

Wilson schüttelte den Kopf. Seine Augen verengten sich, und sein Mund öffnete sich mit einem kaum hörbaren, beängstigenden »Hm!«.

»Ich weiß schon«, sagte er bestimmt, »ich bin einer von diesen vertrauensseligen Typen, und ich wünsche *keinem* etwas Böses, aber wenn ich einmal was weiß, dann weiß ich's. Es war der Mann in dem Auto. Sie rannte hinaus, um ihm etwas zu sagen, aber er ist einfach weitergefahren.«

Michaelis hatte das auch gesehen, aber er war nicht auf den Gedanken gekommen, dass es irgendetwas Bestimmtes bedeuten könnte. Er glaubte, Mrs. Wilson sei einfach vor ihrem Mann weggerannt und habe nicht etwa einen bestimmten Wagen anhalten wollen.

»Wieso sollte sie das tun?«

»Sie hat's faustdick hinter den Ohren«, sagte Wilson, als beantworte das die Frage. »Ah-h-h …«

Er schwankte nun wieder vor und zurück, während Michaelis da stand und die Leine in der Hand drehte.

»Hast du vielleicht irgendeinen Freund, den ich anrufen könnte, George?«

Das war eine schwache Hoffnung – er war sich fast sicher, dass Wilson keinen Freund hatte: Selbst für seine Frau reichte es ja nicht. Michaelis war ein wenig erleichtert, als er kurz darauf eine Veränderung im Raum bemerkte, einen bläulichen Schimmer am Fenster, der die Morgendämmerung ankündigte. Gegen fünf Uhr war das Blau draußen hell genug, um das Licht auszuknipsen.

Wilsons glasiger Blick richtete sich nach draußen zu den Aschehügeln, wo kleine graue Wolken unwirkliche Formen bildeten und im leisen Morgenwind mal hierhin, mal dorthin zogen.

»Ich hab mit ihr gesprochen«, murmelte er, nachdem er lange geschwiegen hatte. »Hab ihr gesagt, mich kann sie vielleicht zum Narren halten, aber nicht Gott. Ich hab sie zum Fenster gezogen« – mühsam stand er auf, ging zum hinteren Fenster und presste sein Gesicht gegen die Scheibe – »und ihr gesagt: ›Gott weiß, was du getan hast, er weiß alles, was du getan hast. Mich kannst du vielleicht für dumm verkaufen, aber nicht Gott!‹«

Michaelis stand hinter ihm und sah erschrocken, dass er in die Augen von Doktor T. J. Eckleburg blickte, der soeben blass und riesenhaft aus der dahinschwindenden Nacht auftauchte.

»Gott sieht alles«, wiederholte Wilson.

»Das ist eine Reklame«, versicherte ihm Michaelis. Etwas brachte ihn dazu, sich vom Fenster abzuwenden und er schaute wieder ins Zimmer. Nur Wilson stand noch lange dort, den Kopf an die Fensterscheibe gelehnt, hinaus in die Dämmerung nickend.

Gegen sechs Uhr war Michaelis total erschöpft und hörte dankbar draußen einen Wagen vorfahren. Es war einer der Männer, die am Abend zuvor auf Wilson aufgepasst und versprochen hatten, wiederzukommen; Michaelis machte sich daran, ein Frühstück für drei herzurichten, aber nur er und der andere Mann aßen etwas. Wilson war jetzt ruhiger, und Michaelis ging heim, um zu schlafen; als er vier Stunden später erwachte und zur Werkstatt zurückeilte, war Wilson weg.

Seine Spur – er war die ganze Zeit zu Fuß unterwegs – konnte man später bis Port Roosevelt und von dort bis Gad's Hill nachvollziehen, wo er sich ein Sandwich kaufte, dass er stehen ließ, und sich eine Tasse Kaffee bestellte. Er muss müde gewesen sein und ging nur langsam, denn er erreichte Gad's Hill erst gegen Mittag. Bis hierher war sein Weg leicht zu rekonstruieren – ein paar Jungs hatten einen Mann gesehen, der sich »irgendwie komisch benahm«, und einige Autofahrer berichteten, er habe sie vom Straßenrand aus eigenartig angestarrt. Dann verschwand er für drei Stunden von der Bildfläche. Die Polizei bedachte seine Äußerung gegenüber Michaelis, er werde »das schon noch rausfinden«, und vermutete, er sei in dieser Zeit sämtliche Werkstätten der Gegend abgelaufen und habe dort nach einem gelben Wagen geforscht. Andererseits gab kein einziger Werkstattbesitzer an, ihn gesehen zu haben, also kannte Wilson vielleicht einen einfacheren, sichereren Weg, um herauszufinden, was er wissen wollte. Gegen halb drei kam er in West Egg an, wo er jemanden nach dem Weg zu Gatsbys Haus fragte. Er kannte zu diesem Zeitpunkt also schon Gatsbys Namen.

Um zwei Uhr zog sich Gatsby sein Schwimmzeug an und gab dem Butler die Anweisung, ihm unten am Pool Bescheid zu sagen, falls irgendjemand anrufen sollte. Er ging zur Garage und holte die Luftmatratze heraus, mit der sich seine Gäste den Sommer über vergnügt hatten, und der Chauffeur half ihm, sie aufzupumpen. Dann ordnete er an, der offene Wagen dürfe auf keinen Fall ins Freie gefahren werden – was seltsam war, denn der vordere rechte Kotflügel brauchte eine Reparatur.

Gatsby schulterte die Matratze und ging Richtung Pool. Einmal blieb er stehen und rückte sie ein wenig zurecht, und der Chauffeur fragte ihn, ob er Hilfe brauche, aber er schüttelte den Kopf und verschwand im nächsten Moment zwischen den sich gelb färbenden Bäumen.

Kein Telefonanruf kam, aber der Butler ließ seinen Mittagsschlaf aus und wartete bis vier Uhr – viel länger als es jemanden gab, dem er hätte Bescheid sagen können. Ich vermute, dass Gatsby nun nicht mehr mit dem Anruf rechnete, und vielleicht hat er sich nicht weiter Gedanken darum gemacht. Wenn das richtig ist, muss er gespürt haben, dass die alte, warme Welt vergangen war und er einen hohen Preis dafür zahlen musste, allzu lange an einem einzigen Traum festzuhalten. Er muss nach oben durch ein beängstigendes Blätterdach in einen unfreundlichen Himmel geschaut haben, es muss ihn gefröstelt haben, als er erkannte, welch groteskes Ding eine Rose sein kann und wie brutal das Sonnenlicht auf den gerade frisch gesäten Rasen fiel. Eine neue Welt, zwar vorhanden, aber doch nicht real, in der bedauernswerte Gespenster, Träume hauchend wie Luft, ganz und gar sinnlos umhertrieben ... so wie jene aschfahle, schemenhafte Gestalt, die sich zwischen den formlosen Bäumen auf ihn zu bewegte.

Der Chauffeur – einer von Wolfsheims Leuten – hörte die Schüsse; später konnte er nur sagen, er habe sich nichts dabei gedacht. Ich fuhr vom Bahnhof direkt zu Gatsbys Haus, und erst als ich höchst besorgt die vordere Treppe hinaufrannte, zeigte sich überhaupt jemand alarmiert. Doch zu diesem Zeitpunkt wussten sie es schon, da bin ich mir sicher. Kaum ein Wort fiel, als wir zu viert, der Chauffeur, der Butler, der Gärtner und ich, runter zum Pool stürmten.

Eine schwache, kaum sichtbare Bewegung lief über das Wasser, den frischen Zustrom markierend, der seinen Weg von einem Ende des Pools zum Abfluss am anderen Ende zog. Auf einem leisen Kräuseln, kaum Wellen zu nennen, trieb die beladene Matratze ziellos im Pool. Ein leiser Windstoß, der kaum das Wasser anrührte, genügte, um den zufälligen Kurs der Matratze mit ihrer zufälligen Last zu verändern. Als sie gegen ein Bündel Blätter stieß, drehte sie sich langsam herum und zeichnete, wie der Schenkel eines Zirkels, eine dünne rote Kreisbahn ins Wasser.

Wir hatten bereits begonnen, Gatsby ins Haus zu bringen, als der Gärtner ein kleines Stück entfernt Wilsons Leiche im Gras liegen sah, und das Massaker war perfekt.

Kapitel 9

Nun, zwei Jahre später, sehe ich den Rest jenes Tages, den Abend und den folgenden Tag nur als endlosen Zug von Polizisten, Fotografen und Reportern, die zu Gatsbys Vordertür hinein- und hinausmarschierten. Ein Absperrband schirmte das Haupttor ab, ein Polizist stand davor und hielt die Schaulustigen fern, doch ein paar kleine Jungen hatten bald herausgefunden, dass sie durch meinen Garten hineingelangen konnten, und einige von ihnen drängten sich dann die ganze Zeit staunend um den Pool. Jemand mit entschlossenem Auftreten, vielleicht ein Kriminalkommissar, gebrauchte den Ausdruck ›Wahnsinniger‹, als er sich an jenem Nachmittag über Wilsons Leiche beugte, und die selbstverständliche Autorität seiner Stimme gab die Tonart der Zeitungsberichte des nächsten Morgens vor.

Die meisten dieser Berichte waren Schauergeschichten — grotesk, weitschweifig, gierig und falsch. Als Michaelis' Zeugenaussage den Verdacht Wilsons gegenüber seiner Frau ans Licht brachte, erwartete ich schon, die ganze Geschichte würde nun als anzügliches Liebesdrama serviert — doch Catherine, die alles Mögliche hätte erfinden können, schwieg. Sie bewies in der Sache sogar ein erstaunliches Maß an Charakterstärke — schaute dem Untersuchungsrichter unter ihren nachgemalten Brauen mit entschiedenem Blick in die Augen und schwor, dass ihre Schwester sich niemals mit Gatsby getroffen habe, dass ihre Schwester mit ihrem Mann vollkommen glücklich gewesen sei, dass ihre Schwester gar niemals in irgendeine Schlechtigkeit verwickelt gewesen sei. Am Ende hatte sie sich auch selbst davon überzeugt und heulte in ihr Taschentuch, als wäre schon der bloße Verdacht mehr, als sie ertragen könnte. So galt Wilson letztlich schlicht als Mann, der ›vor Kummer verrückt geworden‹ war, und auf diese Weise stellte man den Fall so belanglos wie möglich dar. Und dabei blieb es.

Doch dieser Teil der Geschichte scheint nebensächlich und belanglos. Ich fand mich auf Gatsbys Seite wieder, und zwar als einziger. Vom Moment an, als ich die Nachricht von diesem Drama telefonisch nach West Egg Village übermittelt hatte, verwies man sämtliche Spekulationen über ihn und sämtliche praktischen Fragen an mich. Zuerst war ich überrascht und verwirrt; dann, als er Stunde um Stunde in seinem Haus lag, sich nicht bewegte, nicht atmete, nicht sprach, wurde mir allmählich klar, dass ich der Zuständige war, weil niemand sonst Anteil nahm — damit meine ich eine tiefe, ganz persönliche Anteilnahme, auf die am Ende wohl jeder Mensch ein gewisses Anrecht hat.

Instinktiv und ohne groß zu überlegen rief ich Daisy an, eine halbe Stunde nachdem wir ihn gefunden hatten. Aber sie und Tom waren am frühen Nachmittag abgereist, mit Gepäck.

»Keine Adresse da gelassen?«

»Nein.«

»Gesagt, wann sie wiederkommen?«

»Nein.«

»Irgendeine Idee, wo sie sind? Wie ich sie erreichen kann?«

»Nein. Keine Ahnung.«

Ich wollte ihm jemanden herbeiholen. Ich wollte das Zimmer betreten, in dem er lag, und ihm versprechen: »Ich hole Ihnen jemanden her, Gatsby. Machen Sie sich keine Sorgen. Vertrauen Sie mir nur, ich hole Ihnen jemanden her ...«

Meyer Wolfsheims Name stand nicht im Telefonbuch. Der Butler gab mir seine Büroadresse am Broadway, und ich rief die Auskunft an, aber als ich die Nummer endlich hatte, war es längst nach fünf, und niemand nahm ab.

»Versuchen Sie's noch mal, bitte.«

Vermittlung: »Ich hab's doch schon dreimal probiert.«

»Es ist sehr wichtig.«

»Tut mir leid. Ich fürchte, da ist keiner.«

Ich ging zurück in den Salon, und einen Moment lang kamen mir all diese Amtspersonen, die dort herum wimmelten, wie zufällige Besucher vor. Und als sie das Laken zurückschlugen und Gatsby mit starrem Blick betrachteten, hörte ich ihn in meinem Kopf weiter protestieren:

»Wirklich, alter Knabe, Sie müssen mir jemanden herbei holen. Tun Sie, was Sie können. Ich verkrafte das hier alleine nicht.«

Irgendjemand fing an, mir Fragen zu stellen, aber ich drehte mich weg und ging nach oben, wo ich schnell die unverschlossenen Fächer von Gatsbys Schreibtisch durchsuchte – er hatte mir nie ausdrücklich gesagt, dass seine Eltern gestorben waren. Doch ich fand nichts – nur die Fotografie von Dan Cody, ein Andenken an vergangene Eskapaden, schaute starr von der Wand herab.

Am nächsten Morgen schickte ich den Butler mit einem Brief an Wolfs- heim nach New York, in dem ich um Auskünfte bat und ihn drängte, mit dem nächsten Zug heraus zu kommen. Noch während des Schreibens kam mir diese Bitte bereits überflüssig vor. Denn ich war mir sicher, er würde sich auf den Weg machen, sobald er die Zeitungsmeldungen gelesen hatte, ebenso wie ich sicher war, dass noch vor Mittag ein Telegramm von Daisy eintreffen würde – doch weder ein Telegramm noch Mr. Wolfsheim kamen; es kam überhaupt niemand, außer weiteren Polizisten, Fotografen und Reportern. Als der Butler mit Wolfsheims Antwort zurückkam, begann sich in mir ein Gefühl von Trotz zu regen, eine Solidarität zwischen Gatsby und mir, mit Verachtung allen anderen gegenüber.

> *Lieber Mr. Carraway. Ein Schock wie dieser hat mich selten in meinem Leben getroffen, ich kann kaum fassen, dass das alles geschehen ist. Der Wahnsinn, den dieser Mann da gemacht hat, sollte uns allen zu Denken geben. Ich kann jetzt nicht hinaus kommen, denn ich stecke hier in ziemlich vertrackten Geschäften und muss mich im Moment aus dieser Sache raushalten. Wenn ich eine Weile später mal irgendetwas tun kann, lassen Sie mir durch Edgar einen Brief zukommen. Ich bin völlig durch den Wind, wenn ich sowas wie dies hier höre, ich bin restlos am Boden und erledigt.*
>
> *Ihr ergebener*
> *Meyer Wolfsheim*

und darunter noch ein eiliger Zusatz:

> *Geben Sie mir wegen der Beerdigung und so weiter Bescheid usw., kenne überhaupt keinen von seiner Familie.*

Als an jenem Nachmittag das Telefon läutete und die Fernvermittlung ein Gespräch aus Chicago ankündigte, glaubte ich, dies wäre nun endlich Daisy. Aber durch die Leitung kam eine Männerstimme, sehr dünn und weit entfernt.

»Hier Slagle am Apparat ...«

»Ja?« Der Name sagte mir nichts.

»Hässliche Geschichte, was? Haben Sie mein Telegramm bekommen?«

»Hier sind überhaupt keine Telegramme angekommen.«

»Der junge Park sitzt in der Tinte«, sagte er hastig. »Die haben ihn sich geschnappt, als er gerade die Wertpapiere über den Schalter schob. Ein paar Minuten zuvor hatten sie aus New York eine Nachricht mit den Kennziffern bekommen. Was sagt man dazu, hä? In diesen Provinznestern kann man nie vorhersagen, was ... «

»Hallo!«, unterbrach ich ihn hektisch. »Hören Sie – hier spricht nicht Mr. Gatsby. Mr. Gatsby ist tot.«

Langes Schweigen am anderen Ende der Leitung, dann ein Ausruf ... ehe mit einem kurzen Kreischen die Verbindung abbrach.

Es war glaube ich am dritten Tag, als ein Telegramm aus einer Stadt in Minnesota ankam, gezeichnet mit Henry C. Gatz. Es hieß darin lediglich, der Absender sei umgehend abgereist und man möge die Beisetzung verschieben, bis er da sei.

Es war Gatsbys Vater, ein ernster alter Mann, sehr hilflos und bestürzt, der sich gegen den warmen Septembertag in einen langen, billigen Ulster-Mantel gehüllt hatte. Seine Augen tränten unaufhörlich vor Anspannung, und als ich ihm Tasche und Regenschirm aus den Händen nahm, begann er, pausenlos an seinem schütteren grauen Bart zu zupfen, so dass ich Mühe hatte, ihm aus dem Mantel zu helfen. Er stand kurz vor einem Zusammenbruch, also führte ich ihn ins Musikzimmer, ließ ihn dort Platz nehmen und gab Weisung, ihm etwas zu essen zu bringen. Aber er wollte nichts zu sich nehmen, und das Glas Milch rutschte aus seiner zittrigen Hand.

»Ich hab's in der Chicagoer Zeitung gelesen«, sagte er. »Es stand alles in der Chicagoer Zeitung. Ich bin sofort losgefahren.«

»Ich wusste nicht, wie ich Sie erreichen konnte.«

Sein Blick wanderte, ohne etwas wahrzunehmen, unablässig im Zimmer umher.

»Das war ein Wahnsinniger«, sagte er. »Er muss wahnsinnig gewesen sein.«

»Möchten Sie vielleicht etwas Kaffee?«, drängte ich ihn.

»Ich möchte gar nichts. Es geht schon wieder, Mister ...«

»Carraway.«

»Mir geht's schon wieder besser. Wohin haben sie Jimmy gebracht?«

Ich führte ihn in den Salon, wo sein Sohn aufgebahrt war, und ließ ihn dort allein. Ein paar kleine Jungs waren die Treppe heraufgestiegen und spähten in die Eingangshalle; als ich ihnen sagte, wer gerade angekommen war, machten sie sich widerwillig davon.

Nach einer kleinen Weile öffnete Mr. Gatz die Tür und kam heraus; sein Mund stand offen, sein Gesicht war leicht gerötet, aus seinen Augen sickerten einzelne, verspätete Tränen. Er war in einem Alter, in dem der Tod keine gespenstische Überraschung mehr ist, und als er sich nun zum ersten Mal umsah, die Höhe und Pracht der Halle und die davon nach allen Seiten abzweigenden Räume bemerkte, die wiederum in weitere ausladende Räume führten, mischte sich sein Kummer allmählich mit heiligem Stolz. Ich führte ihn zu einem Schlafzimmer im ersten Stock; während er Jackett und Weste ablegte, erklärte ich ihm, dass sämtliche Vorbereitungen bis zu seiner Ankunft aufgeschoben worden waren.

»Ich wusste nicht, welche Wünsche Sie haben, Mr. Gatsby –«

»Ich heiße Gatz.«

»– Mr. Gatz. Ich dachte mir, Sie möchten den Leichnam vielleicht in den Westen überführen.«

Er schüttelte den Kopf.

»Jimmy gefiel es schon immer besser im Osten. Hier im Osten hat er es nach Oben geschafft. Waren Sie ein Freund von meinem Jungen, Mister ...?«

»Wir waren eng befreundet.«

»Er hatte eine große Zukunft vor sich, wissen Sie. Er war noch ein junger Mann, aber er hatte mächtig viel hier drin.«

Er tippte sich bedeutungsvoll an den Kopf, und ich nickte.

»Wenn er weitergelebt hätte, wär' sicher ein bedeutender Mann aus ihm geworden. Einer wie James J. Hill. Er hätt' geholfen, das Land aufzubaun.«

»Ganz sicher«, sagte ich unbehaglich.

Er zerrte ungeschickt an der bestickten Tagesdecke und versuchte sie vom Bett zu ziehen, dann legte er sich mühsam darauf – und schlief sofort ein.

An jenem Abend rief ein offensichtlich verängstigter Mann an und wollte zunächst wissen, wer ich sei, bevor er seinen Namen preisgeben wollte.

»Hier ist Mr. Carraway«, sagte ich.

»Oh!« Er klang erleichtert. »Hier ist Klipspringer.«

Auch ich war erleichtert, denn das versprach, einen weiteren Freund an Gatsbys Grab zu sehen. Ich hatte keine Todesanzeige in die Zeitung setzen und dadurch eine Menge weiterer Schaulustiger anlocken wollen, darum hatte ich selbst ein paar Leute angerufen. Sie waren schwer ausfindig zu machen gewesen.

»Die Totenfeier ist morgen Nachmittag«, sagte ich. »Um drei Uhr, hier am Haus. Es wäre schön, wenn Sie allen Bescheid sagen würden, die vielleicht kommen möchten.«

»Oh, mach ich«, stieß er nervös hervor. »Ich werde zwar kaum jemanden treffen, aber falls doch, geb ich's weiter.«

Sein Ton machte mich misstrauisch.

»Sie selbst werden doch wohl kommen?«

»Na ja, ich werd's sicher versuchen. Weshalb ich eigentlich anrufe –«

»Augenblick mal«, unterbrach ich ihn. »Warum sagen Sie nicht einfach, dass Sie kommen?«

»Na ja, die Sache ist die, – ich bin hier gerade bei ein paar Leuten in Greenwich oben, und die haben mich wie's scheint für morgen schon fest eingeplant. Ein Picknick oder so was. Aber sicher tu ich mein Bestes, um hier wegzukommen.«

Mir entfuhr ein unbeherrschtes »Was?!«, und er musste es wohl gehört haben, denn er fuhr unsicher fort:

»Weshalb ich eigentlich anrufe ist das Paar Schuhe, das ich dort vergessen habe. Wenn's nicht zu viele Umstände macht, könnte der Butler sie mir denn zuschicken? Wissen Sie, es sind Tennisschuhe, ohne die bin ich ziemlich aufgeschmissen. Meine Adresse ist: c/o B. F. –«

Den Rest bekam ich nicht mehr mit, weil ich den Hörer auflegte.

Es tat mir jetzt für Gatsby ziemlich leid – ein Gentleman, den ich anrief, deutete an, Gatsby habe bekommen, was er verdiene. Allerdings war ich selbst Schuld, denn er war einer von denen, die sich ein ums andere Mal mit Gatsbys Schnaps Mut antranken, um dann gemein über ihn herzuziehen. Ich hätte es besser wissen und den Kerl gar nicht erst anrufen sollen.

Am Morgen vor der Beerdigung fuhr ich rüber nach New York, um Meyer Wolfsheim aufzusuchen; es gab, wie es schien, keinen anderen Weg ihn zu erreichen. Die Tür, die ich dem Hinweis eines Liftboys folgend öffnete, trug die Aufschrift »The Swastika Holding Company«, und zunächst schien es, als wäre kein Mensch da. Doch nachdem ich mehrmals vergeblich »Hallo!« gerufen hatte, hörte ich Streit hinter einer Trennwand, und kurz darauf erschien eine hübsche Jüdin an einer Innentür und musterte mich mit schwarzen, feindseligen Augen.

»Keiner hier«, sagte sie. »Mr. Wolfsheim ist in Chicago.«

Der erste Teil des Satzes war offenkundig gelogen, denn in dem Zimmer hatte jemand begonnen, unmelodisch ›The Rosary‹ zu pfeifen.

»Sagen Sie ihm bitte, dass Mr. Carraway ihn sprechen möchte.«

»Ich kann ihn wohl schlecht aus Chicago zurückholen, oder?«

In diesem Moment rief jemand von der anderen Seite der Tür »Stella!« – und es war unverkennbar Wolfsheims Stimme.

»Lassen Sie Ihre Karte auf dem Schreibtisch«, sagte sie schnell. »Ich geb'
sie ihm, wenn er wieder hier ist.«

»Aber ich weiß doch, dass er hier ist.«

Sie machte einen Schritt auf mich zu und stemmte ihre Hände empört an
die Hüften.

»Ihr jungen Kerle glaubt wohl, ihr könnt nach Belieben hier einfach so he-
reinplatzen«, giftete sie. »Langsam haben wir's satt. Wenn ich sage, er ist in
Chicago, dann ist er in Chicago.«

Ich erwähnte Gatsby.

»Oh-h!« Sie musterte mich nochmal von oben bis unten. »Würden Sie kurz
– wie war Ihr Name?«

Sie verschwand. Einen Moment später stand Meyer Wolfsheim ernst im
Türrahmen und streckte mir beide Hände entgegen. Er zog mich in sein Büro
und sagte mit weihevoller Stimme, das sei für uns alle eine traurige Zeit, und
bot mir eine Zigarre an.

»Ich weiß es noch wie heit, wie ich ihn zum ersten Mal troffen hab'«, sagte
er. »'N junger Offizier, grad raus aus der Armee und über und über mit Orden behängt. Er war so abgebrannt, dass er seine Uniform weiter hat tragen
missen, weil er sich keine vernünftige Kleidung hat leisten können. Das erste
Mal hab ich ihn gsehn, wie er in Winebrenners Wettbüro in der Dreiundvier-
zigsten hereinschneite und nach 'nem Job g'fragt hot. Seit Tagen hatt' er
nichts gegessen. ›Kommen Se, gehn wir irgendwo was essen‹, hab ich
gesogt. Innerhalb von 'ner halben Stund hat er Futter für mehr als vier Dollar verdrickt.«

»Haben Sie ihn beruflich auf den Weg gebracht?«, forschte ich.

»Auf den Weg gebracht? Ich hab ihn gemacht!«

»Oh.«

»Ich hab ihn aus dem Nichts gezog'n, direkt aus der Gosse. Ich hab sofort
erkannt, das ist ein gut aussehender junger Mann, der macht was her; und als
er mir erzählt hot, er wär' in Oggsford g'wesn, da war mir klar, den kann ich
brauchen. Ich hab ihm g'sagt, er soll in die American Legion[7] eintreten, und
er hat's dort ziemlich weit 'bracht. Sofort hat er ob'n in Albany für 'nen
Kunden von mir ein paar G'schäfte erledigt. Wir waren so dicke, in allem« –
er hielt zwei knollige Finger hoch – »immer zusammen.«

---

[7] *Die ›Amerikanische Legion‹ ist eine Veteranenorganisation der Streitkräfte
der Vereinigten Staaten.*

Ich fragte mich, ob sich diese Partnerschaft wohl auch auf die World's-Series-Trickserei von 1919 erstreckt hatte.

»Nun ist er tot«, sagte ich nach einer Weile. »Sie waren sein engster Freund, da bin ich mir sicher, dass Sie heute Nachmittag zu seiner Beerdigung kommen wollen?«

»Das würd' ich gern.«

»Na, dann tun Sie's.«

Die Haare in seinen Nasenlöchern vibrierten leise, und als er den Kopf schüttelte, füllten sich seine Augen mit Tränen.

»Es geht nicht – ich darf da nicht reingezogen werden«, sagte er.

»Es gibt da nichts, in das Sie reingezogen werden könnten. Es ist alles vorbei.«

»Wenn ein Mann umgebracht wird, sollte ich damit nichts zu tun haben, auf keinen Fall. Ich halt' mich da raus. Als ich noch ein junger Kerl war, sah die Sache anders aus – wenn ein Freind von mir ums Leben kommen is', egal wie, hab ich bis zum bitteren Ende zu ihm gehalten. Sie finden das vielleicht sentimental, aber ich mein's ernst: – bis zum bitteren Ende.«

Ich begriff, dass er aus ganz bestimmtem Gründen, die er nicht preisgeben wollte, nicht kommen würde, also stand ich auf.

»Sind Sie ein College-Mann?«, fragte er unvermittelt.

Einen Moment lang glaubte ich, er wolle mir ein paar »Gondagde« vermitteln, aber er nickte nur und gab mir die Hand.

»Wir sollten uns bemühen, einem Mann unsere Freindschaft zu zeigen, solang' er lebt, und nicht erst, wenn er tot ist«, sagte er. »Danach, das hab ich mir jedenfalls angewöhnt, möcht' ich mich in nichts mehr einmischen.«

Als ich sein Büro verließ, hatte sich der Himmel verdunkelt, und ich kam im Nieselregen in West Egg an. Nachdem ich mich umgezogen hatte, ging ich nach nebenan und sah Mr. Gatz in der Eingangshalle nervös auf und ab gehen. Der Stolz auf seinen Sohn und auf dessen Besitztümer wuchs ständig, und jetzt wollte er mir etwas zeigen.

»Jimmy hat mir mal das Bild hier geschickt.« Mit zitternden Fingern holte er seine Brieftasche hervor. »Schaun Sie.«

Es war eine Fotografie des Hauses, an den Ecken verknickt und von vielen Händen abgegriffen. Eifrig zeigte er mir jedes Detail. »Sehen Sie!«, rief er und wollte die Bewunderung in meinen Augen lesen. Er hatte es so oft herumgezeigt, dass es für ihn inzwischen wohl wirklicher war als das Haus selbst.

»Jimmy hat's mir geschickt. Ich finde, es ist ein sehr schönes Bild. Macht was her.«

»Das tut es. Haben Sie sich in letzter Zeit noch einmal gesehen?«

»Er hat mich vor zwei Jahren besucht und hat mir das Haus, in dem ich jetzt wohne, gekauft. Als er damals von zu Hause abgehauen ist, war'n wir natürlich geschiedene Leute, aber jetzt weiß ich, dass er guten Grund dazu hatte. Er wusste, auf ihn wartete eine große Zukunft. Und sobald er erfolgreich wurde, ist er immer sehr großzügig zu mir gewesen.«

Er wollte das Foto gar nicht aus der Hand geben und hielt es mir noch eine Weile still vor die Nase. Dann steckte er es mit seiner Brieftasche wieder ein und zog dafür ein altes zerfleddertes Buch aus der Tasche, das den Titel ›Hopalong Cassidy‹ trug.

»Schaun Sie hier, das hat ihm gehört, als er ein Junge war. Daran sieht man's.«

Er schlug es von hinten auf und drehte es herum, damit ich es mir ansehen konnte. Auf dem hinteren Deckblatt stand das Wort STUNDENPLAN, daneben das Datum 12. September 1906. Und darunter:

Aufstehen	6.00 Uhr
Hanteltraining und Kletterübungen	6.15 – 6.30 Uhr
Elektrizitätslehre usw. lernen	7.15 – 8.15 Uhr
Arbeiten	8.30 – 16.30 Uhr
Baseball und Sport	16.30 – 17.00 Uhr
Sprechtechnik und sicheres Auftreten üben	17.00 – 18.00 Uhr
Nötige Erfindungen prüfen	19.00 – 21.00 Uhr

ALLGEMEINE VORSÄTZE:

Keine Zeit vertrödeln bei Shafters oder [unleserlicher Name].

Keine Zigaretten und Kautabak mehr.

Jeden zweiten Tag baden.

Pro Woche ein lehrreiches Buch oder eine anständige Zeitschrift lesen.

Pro Woche $ 5.00 [durchgestrichen] $ 3.00 sparen.

Netter zu den Eltern sein.

»Ich hab' das Buch ganz zufällig gefunden«, sagte der alte Mann.

»Daran sieht man's schon, stimmt's?«

»Daran sieht man's schon.«

»Jimmy wollte etwas aus sich machen. Er hatte immer irgendwelche Vorsätze, so wie diese hier. Ist Ihnen aufgefallen, wie wild er drauf war, sich weiterzubilden? Darin war er schon immer ganz groß. Einmal hat er zu mir gesagt, ich würd' fressen wie ein Schwein, und ich hab ihm eine dafür verpasst.«

Er mochte das Buch gar nicht mehr zuklappen, las mir jeden Eintrag laut vor und sah mich dann stolz an. Es schien fast so, als erwarte er von mir, ich solle die Liste für meinen eigenen Gebrauch abschreiben.

Kurz vor drei traf der lutherische Geistliche aus Flushing ein, und unwillkürlich begann ich, aus dem Fenster nach weiteren Wagen Ausschau zu halten. Ebenso Gatsbys Vater. Als die Zeit verging und nur die Angestellten herein kamen und in der Halle warteten, begannen seine Augen sorgenvoll zu blinzeln, und er sprach auf ängstliche, bekümmerte Weise vom Regen. Der Geistliche schielte mehrmals auf die Uhr, also nahm ich ihn zur Seite und bat ihn, noch eine halbe Stunde zu warten. Aber das war zwecklos. Niemand kam.

Ungefähr um fünf Uhr erreichte unsere Prozession aus drei Wagen den Friedhof und stoppte in dichtem Nieselregen neben dem Tor – zuerst der Leichenwagen, fürchterlich schwarz und nass, dahinter Mr. Gatz, der Pfarrer und ich in der Limousine und nach uns vier oder fünf Angestellte sowie der Postbote aus West Egg in Gatsbys Lieferwagen, allesamt nass bis auf die Haut. Als wir gerade durch das Tor den Friedhof betraten, hörte ich einen Wagen anhalten, und kurz darauf stapfte jemand über den matschigen Boden hinter uns her. Ich sah mich um. Es war der Mann mit der Eulenbrille, den ich in jener Nacht vor drei Monaten in Gatsbys Bibliothek angetroffen hatte, als er staunend vor den Büchern stand.

Seit damals hatte ich ihn nicht mehr gesehen. Ich kenne nicht einmal seinen Namen und weiß nicht, wie er von der Beerdigung erfahren hatte. Der Regen strömte über seine dicken Brillengläser, und er nahm sie ab und wischte sie trocken, um zu sehen, wie das schützende Segeltuch über Gatsbys Grab ausgebreitet wurde.

Ich versuchte dann für eine Weile an Gatsby zu denken, aber er war schon zu weit entschwunden, und das Einzige, an das ich – sogar ohne Groll – denken konnte, war, dass Daisy weder eine Karte noch Blumen geschickt hatte. Dumpf hörte ich jemanden »Selig sind die Toten, auf die der Regen fällt« murmeln, dann sagte der eulenäugige Mann mit wackerer Stimme »Amen, so sei es«.

Wir kämpften uns durch den Regen zurück zu den Wagen. Am Tor sprach Eulenauge mich an.

»Ich hab's nicht bis zum Haus geschafft«, bemerkte er.

»Alle anderen auch nicht.«

»Nicht möglich!« Er war erschüttert. »Warum, um Himmels Willen? Sonst kamen sie doch immer zu Hunderten.«

Er nahm seine Brille ab und trocknete sie wieder, außen und innen.

»Der arme Mistkerl«, sagte er.

*

Zu meinen lebhaftesten Erinnerungen gehört die alljährliche Heimfahrt zurück nach Westen, von der *Prep School* und später vom College, wenn die Weihnachtszeit begann. Diejenigen, die von Chicago aus noch weiterfuhren, versammelten sich an einem Dezemberabend um sechs Uhr in der alten dämmrigen Union Station, während einige Chicagoer Freunde, die schon ganz in ihrem eigenen Ferientrubel gefangen waren, ihnen einen hastigen Abschiedsgruß mitschickten. Ich erinnere mich an die Pelzmäntel der Mädchen, die gerade von irgendeiner Miss Soundso kamen, an das Sprechen gefrorenen Atems, an winkende Hände über den Köpfen, wenn wir alte Bekannte erspäht hatten, an das Vergleichen von Einladungen: »Gehst du auch zu den Ordways? den Herseys? den Schultzes?«, und an die schmalen grünen Fahrkarten, die wir mit Handschuhfingern fest umklammerten. Und zuletzt an die ausgeblichenen gelben Waggons der *Chicago, Milwaukee & St. Paul Railroad,* die auf den Gleisen hinter der Schranke so heiter wirkten wie das Weihnachtsfest selbst.

Wenn wir hinaus in die Winternacht fuhren, und der echte Schnee, unser Schnee, sich allmählich neben uns ausbreitete und begann, gegen Fenster zu funkeln, wenn dämmrige Lichter kleiner Wisconsin-Bahnhöfe vorbeizogen, dann lag mit einem Mal eine durchdringende, belebende Frische in der Luft. Wir sogen sie tief in uns ein, wenn wir nach dem Abendessen durch die kalten Gassen zurückliefen, und waren uns unserer Zugehörigkeit zu diesem Landstrich eine seltsame Stunde lang auf unaussprechliche Weise bewusst, ehe wir später wieder vollkommen mit ihm verschmolzen.

---

[8] *Entspricht in diesem Zusammenhang einem europäischen Gymnasium.*

Das ist mein Mittlerer Westen – nicht der Weizen oder die Prärie oder die verstreuten Schwedenstädtchen, sondern die aufregenden Heimkehrerzüge meiner Jugend, die Straßenlaternen und Schlittenglöckchen in der frostigen Nacht, und die Weihnachtskränze, die aus erleuchteten Fenstern ihre Schatten hinaus auf den Schnee warfen. Ich bin ein Teil von all dem, ein wenig feierlich gestimmt in den langen Wintern, ein wenig selbstgefällig, weil ich im Carraway-Haus aufgewachsen bin, in einer Stadt, in der nach Jahrzehnten die Anwesen immer noch dieselben Namen derselben Familien trugen. Mir wird jetzt klar, dass dies letzten Endes eine Geschichte des Westens ist – Tom und Gatsby, Daisy und Jordan, und ich, wir alle stammten aus diesem Westen, und vielleicht litten wir alle unter denselben Mängeln, die uns auf subtile Weise für das Leben im Osten untauglich machten.

Selbst als mir der Osten am aufregendsten erschien, selbst als ich seine Überlegenheit gegenüber den behäbigen, in die Länge gezogenen, aufgedunsenen Städten jenseits des Ohio mit ihrer unendlichen penetranten Neugier, vor der nur Kinder und Greise gefeit waren, am deutlichsten spürte, – selbst da erschien mir der Osten wie ein Zerrbild. Vor allem West Egg taucht bis heute in meinen abstrusesten Träumen auf. Es erscheint mir wie eine nächtliche Szene von El Greco[9]: Hunderte Häuser, gleichzeitig konservativ und grotesk, ducken sich unter einem mürrischen, drückenden Himmel und einem glanzlosen Mond. Im Vordergrund schreiten vier ernste Männer in Abendanzügen den Gehweg entlang und tragen eine Bahre, auf der eine betrunkene Frau in weißem Abendkleid liegt. Ihre Hand, die an der Seite herunterbaumelt, funkelt kalt von Brillanten. Würdevoll steuern die Männer auf ein Haus zu – das falsche Haus. Aber keiner kennt den Namen der Frau, und niemanden kümmert es.

Nach Gatsbys Tod griff der Osten so unheimlich nach mir – als Zerrbild, das mein Blick nicht mehr gerade biegen konnte. Und als der blaue Rauch ausgedörrter Blätter in der Luft lag und der Wind die nasse Wäsche auf der Leine trocken blies, entschloss ich mich, nach Hause zurückzukehren.

Eine Sache gab es noch zu tun, bevor ich abreiste, eine diffizile, unangenehme Sache, die man vielleicht besser hätte auf sich beruhen lassen. Aber ich wollte die Dinge ins Reine bringen und es nicht nur dem uninteressierten, gleichgültigem Meer überlassen, das, was ich zurückließ, wegzuspülen. Ich

---

[9] *El Greco: Spanischer Maler des 16. Jahrhunderts, der erst um 1900 von der Kunstszene entdeckt wurde.*

traf Jordan Baker und redete um und um über das, was mit uns beiden geschehen war, und was danach mit mir alleine geschehen war, und sie lag vollkommen reglos in einem großen Sessel und lauschte.

Sie trug einen Golfdress, und ich erinnere mich, dass sie mir vorkam wie eine sehr treffende Illustration; das Kinn ein wenig erhoben, das Haar von der Farbe eines Herbstblatts, ihr Gesicht mit dem gleichen braunen Teint, den der fingerlose Handschuh auf ihrem Knie spiegelte. Als ich fertig geredet hatte, verkündete sie ohne weiteren Kommentar, dass sie mit einem anderen Mann verlobt sei. Obwohl es so einige Kandidaten gab, die sie nach einem leisen Nicken ihres Kopfes sofort hätte heiraten können, bezweifelte ich das – aber trotzdem gab ich mich überrascht. Eine Minute lang dachte ich darüber nach, ob ich nicht doch einen Fehler machte, dann rief ich mir kurz noch einmal alles, was geschehen war, vor Augen, und stand auf, um Goodbye zu sagen.

»So oder so, du hast mich fallen lassen«, sagte Jordan plötzlich. »Schon am Telefon hast du mich fallen lassen. Inzwischen bist du mir völlig gleichgültig, aber es war eine neue Erfahrung für mich, und ich fühlte mich eine Zeit lang ziemlich durch den Wind.«

Wir gaben uns die Hand.

»Oh ja, erinnerst du dich an das Gespräch übers Autofahren, das wir damals hatten?«, schob sie hinterher.

»Na ja – nicht genau.«

»Du sagtest, ein schlechter Fahrer ist nur so lange sicher, bis er auf einen anderen schlechten Fahrer trifft. Nun, ich habe wohl einen anderen schlechten Fahrer getroffen, nicht? Ich meine, es war unvorsichtig von mir, die Sache falsch einzuschätzen. Ich dachte, du wärst ein ziemlich ehrlicher, bodenständiger Kerl. Ich dachte, das wäre dein heimlicher Stolz.«

»Ich bin dreißig«, sagte ich. »Ich bin fünf Jahre zu alt, um mich selbst zu belügen und es dann ehrenvoll zu nennen.«

Sie antwortete nicht. Bitter, halb in sie verliebt und ungeheuer traurig, wandte ich mich ab.

Eines Nachmittags Ende Oktober begegnete ich Tom Buchanan. Er ging ein Stück vor mir die Fifth Avenue entlang, auf seine wachsame, aggressive Art, die Ellbogen ein wenig nach außen gerichtet, wie um sich Störungen aller Art vom Leib zu halten, während sein Kopf mal hierhin, mal dorthin ruckte, um seinen rastlosen Augen folgen zu können. Gerade als ich langsamer ging, um ihn nicht zu überholen, blieb er stehen und besah sich stirnrunzelnd die

Auslage eines Juweliergeschäfts. Mit einem Mal entdeckte er mich, kam auf mich zu und hielt mir die Hand hin.

»Was ist los, Nick? Willst du mir nicht die Hand geben?«

»Ja. Du weißt, was ich von dir halte.«

»Du bist verrückt, Nick«, sagte er schnell. »Völlig übergeschnappt. Ich hab keinen Schimmer, was mit dir los ist.«

»Tom«, fragte ich, »was hast du an dem Nachmittag damals zu Wilson gesagt?«

Wortlos starrte er mich an, und ich wusste jetzt, dass ich das Richtige über jene fehlenden Stunden vermutet hatte. Ich drehte mich schon zum Gehen, da kam er mir einen Schritt hinterher und hielt mich am Arm.

»Ich hab ihm die Wahrheit gesagt«, begann er. »Er stand unten vor der Tür, als wir uns für die Abfahrt fertig machten, und als ich ihm bestellen ließ, wir wären nicht da, versuchte er mit Gewalt die Treppe raufzukommen. Er war verrückt genug, mich zu töten, wenn ich ihm nicht gesagt hätte, wem der Wagen gehört. Solange er im Haus war, hatte er die Hand am Revolver in seiner Tasche ...« Trotzig brach er ab. »Was ist dabei, dass ich es ihm gesagt habe? – Dieser Kerl ist doch selbst Schuld. Er hat dir Sand in die Augen gestreut, genauso wie er's mit Daisy gemacht hat, dabei war er eiskalt. Er hat Myrtle überfahren wie einen Hund und nicht mal angehalten.«

Es gab nichts, das ich hätte erwidern können, außer der einen, unaussprechlichen Tatsache, dass alles ganz anders war.

»Und falls du glaubst, ich hätte nichts zu leiden gehabt – ich sag's dir, als ich losging, um die Wohnung zu räumen, und diese verfluchte Schachtel mit Hundekuchen im Regal stehen sah, hab ich mich hingesetzt und geheult wie ein Baby. Bei Gott, das war furchtbar ...«

Ich konnte ihm nicht vergeben oder ihn wieder mögen, aber ich begriff, dass für ihn das, was er getan hatte, völlig gerechtfertigt erschien. Alles war sehr leichtfertig und planlos geschehen. Beide, Tom und Daisy, waren leichtfertige Menschen – sie zerstörten Dinge und Lebewesen und zogen sich dann zurück in ihr Geld oder ihre unermessliche Sorglosigkeit oder was immer es war, das sie zusammenhielt, und überließen anderen Leuten das Chaos, das sie angerichtet hatten ...

Ich gab ihm die Hand; es schien albern, es nicht zu tun, denn ich fühlte mich plötzlich, als spräche ich mit einem unreifen Kind. Dann ging er in das Juweliergeschäft, um eine Perlenkette zu kaufen – oder vielleicht nur ein

Paar Manschettenknöpfe –, von meiner provinziellen Zimperlichkeit für immer erlöst.

Als ich abreiste, stand Gatsbys Haus immer noch leer, – das Gras seines Rasens war inzwischen genauso hoch wie meins. Einer der Taxifahrer aus dem Dorf fuhr niemals mit einem Fahrgast am Haupttor vorbei, ohne kurz anzuhalten und hineinzudeuten; vielleicht war es derjenige, der Daisy und Gatsby am Abend des Unfalls hinüber nach East Egg gebracht hatte, und vielleicht hatte er sich daraus seine ganz eigene Geschichte zusammengereimt. Ich wollte sie nicht hören und ging ihm aus dem Weg, wann immer ich aus dem Zug stieg.

Die Samstagabende verbrachte ich in New York, denn die funkelnden, blendenden Partys hallten in mir so lebendig nach, dass ich immer noch Musik und Gelächter zu hören glaubte, die unablässig aus seinem Garten herüber drangen, und die Wagen, die seine Zufahrt hinauf- und hinunterglitten. Eines Nachts hörte ich dort tatsächlich einen Wagen vorfahren und an Gatsbys Vordertreppe anhalten. Doch ich schaute nicht, wer es war. Wahrscheinlich irgendein letzter Gast, der eben vom Ende der Welt zurückgekehrt war und noch nicht mitbekommen hatte, dass die Party vorbei war.

Am letzten Abend, mein Koffer war gepackt und das Auto an den Lebensmittelhändler verkauft, ging ich hinüber und schaute mir noch einmal diese riesige, abstruse Karikatur eines Hauses an. Im Mondlicht hob sich deutlich ein obszönes Wort von den weißen Stufen ab, das irgendein Junge mit einem Stück Ziegel hingekritzelt hatte, und ich wischte es weg, indem ich mit meiner Schuhsole über den Stein wischte. Dann schlenderte ich hinunter zum Strand und streckte mich auf dem Sand aus.

Die meisten der großen Villen am Ufer waren inzwischen verlassen, und kaum irgendwo war Licht zu sehen, außer dem schattenhaften, dümpelnden Schimmer einer Fähre auf der anderen Seite des Sunds. Und als der Mond höher stieg, schmolzen die nichtssagenden Häuser allmählich dahin, bis ich mir immer bewusster über dieses alte Eiland wurde, das einst für die Augen holländischer Seefahrer erblühte – der frische grüne Busen einer neuen Welt. Die verschwundenen Bäume, jene Bäume, die Gatsbys Haus hatten weichen müssen, hatten einst wispernd zum letzten und größten aller Menschheitsträume gelockt; einen flüchtigen, verzauberten Augenblick lang muss der Mensch im Angesicht dieses Kontinents magnetisiert seinen Atem angehalten haben, in einer feinsinnigen Betrachtung, die er weder verstand noch ersehnt hatte, und zum letzten Mal in der Geschichte blickte er staunend in das Antlitz eines für ihn tatsächlich greifbaren Wunders.

Und während ich so dasaß und über diese alte, unbekannte Welt nachdachte, dachte ich auch an jenes Wunder, das Gatsby einholte, als er zum ersten Mal das grüne Licht am Ende von Daisys Pier erkannte. Er war so einen langen Weg gegangen, bis hierher, zu diesem blauen Rasen, und sein Traum muss ihm so nah erschienen sein, dass er nur noch danach zu greifen brauchte. Aber er wusste nicht, dass dieser Traum bereits hinter ihm lag, irgendwo inmitten der unermesslichen Finsternis jenseits der Stadt, wo sich die düsteren Felder des Landes unter dem Nachthimmel hinziehen.

Gatsby glaubte an das grüne Licht, an die kraftstrotzende Zukunft, die uns Jahr für Jahr anlockt. Noch ist sie uns entwischt, aber was macht das schon — morgen rennen wir schneller, strecken die Arme noch weiter aus … Und eines wunderbaren Morgens …

So kämpfen wir weiter, rudern gegen den Strom, und endlos zieht es uns zurück in die Vergangenheit.

~ ENDE ~

www.ingramcontent.com/pod-product-compliance
Lightning Source LLC
Chambersburg PA
CBHW022132150726
47992CB00002B/561